L'aigle volera
à travers le soleil

André Carpentier

L'aigle volera à travers le soleil

Nouvelle édition
revue par l'auteur

Introduction de
Michel Lord

BQ

BIBLIOTHÈQUE QUÉBÉCOISE

Bibliothèque québécoise inc. est une société d'édition administrée conjointement par la Corporation des éditions Fides, les éditions Hurtubise HMH ltée et Leméac éditeur.

Éditeur délégué

Jean Yves Collette

Conseiller littéraire

Aurélien Boivin

DÉPÔT LÉGAL : TROISIÈME TRIMESTRE 1989
BIBLIOTHÈQUE NATIONALE DU QUÉBEC

ISBN : 2-89406-031-9

Introduction

Harbouey, 1974 : le Moyen Âge a ravi un coin de terre à l'époque contemporaine. [...] Je cherche un sens à ce décor d'un autre temps. [...] Je m'astreins à recoller les pièces du puzzle. L'aigle volera à travers le soleil.

Il y a, dès 1978, deux Carpentier, le nouvelliste et le romancier, duplication elle-même dédoublée par un autre « pli », celui du fantastiqueur et celui, qui apparaîtra plus clairement dans les années 1980, de l'essayiste, que l'on retrouve dans *Journal de mille jours* et dans les éditions Quinze. Écrivain de *fiction* avant tout, Carpentier aime certes raconter des histoires mais l'écrivain se plaît encore davantage au travail de l'écriture et aux intrications du discours que l'écriture permet. Tout cela n'est toutefois pas étanche, l'écrivain explorant en parallèle (et en fusion, comme on le dit à propos d'un volcan) les possibilités des formes narratives brèves, tablant sur le fragmentaire, et longues, formant de vastes réseaux de discours conflictuels. Fantastiqueur, Carpentier exploite, par ailleurs, la problématique de l'inscription de l'improbable dans sa fiction et, enclin à la théorisation, il réfléchit sur les procédés d'écriture et de fictionnalisation. André Belleau souligne avec justesse cette particularité de l'écriture moderne (ou postmoderne) : « Aujourd'hui, un essayiste, est un artiste de la narrativité des idées et un romancier, un essayiste de la pluralité artistique des langages[1] ». Dans son *Journal*... Carpentier retrace effectivement l'histoire conflictuelle des idées d'un romancier qui aurait voulu faire un roman fantastique mais qui a fini par rédiger une réflexion quotidienne sur les probèmes de la création. Inversement, dans *l'Aigle volera à travers le soleil*, il offre d'abord une fiction, une histoire, mais dont le narrateur a tendance à commenter le processus de la composition. Carpentier se livre ainsi constamment à une mise en scène de la mise en discours.

Voilà qui semble peut-être un peu hybride ou baroque et que ce l'est, effectivement. Ne considérant que l'exemple de *l'Aigle volera à travers le soleil*, je serais tenté d'y voir, en condensé, toute la problématique du projet d'écriture d'André Carpentier. Il s'agit d'abord d'un roman, mais construit par fragments formels et par la fragmentation d'une histoire qui, de manière très narcissique, se fait écho à elle-même de plusieurs manières. La marque la plus évidente de ce procédé se trouve dans la mise en *abyme* récurrente de la figure du double onirique du narrateur principal ; ce double, lui-même écrivain de science-fiction, est aux prises avec un poblème formellement semblable à celui de son *alter ego*. De plus, un détail étrange s'ajoute à ce phénomène qui tient au fait que le rêve semble originer de

1. André Belleau, *Surprendre les voix*, essais. Montréal, Boréal, 1986, 237 p. Voir p. 86. Belleau ajoute en outre qu'« il y a dans l'essai une histoire [...] au sens que l'on donne à ces mots quand on parle de l'histoire ou de l'intrigue d'un roman ou d'une nouvelle [... les] idées se conduisent au fond tels des personnages de la fiction et [...] nourrissent entre eux des rapports amoureux, de haine, d'opposition, d'aide, etc. ».

la conscience de Noémie, l'amie du personnage scripteur ; ce dernier aurait, à moins que je n'abuse du sens du texte, la faculté de voir dans la conscience de Noémie et de vivre dans son univers onirique ; on peut encore supposer que les deux, ensemble, construisent un fantasme qu'ils habitent comme si c'était la réalité :

> Noémie, j'aimerais tant que tu t'éveilles, mais tu t'occupes moins de moi que de *ce rêve démoniaque dans lequel tu m'entraînes* [...] dans la bibliothèque ! Mais c'est insensé, Noémie ! [...] Ton corps ne supporte plus les fantaisies de ton cerveau [...] Réveille-toi, Noémie [...] *réveille-nous* [...] oublie ce rêve, ne le refais pas. [...] Mets ta tête contre mon épaule, *mon oreille est à l'écoute de ton cerveau.*

Chez Carpentier, le procédé du rêve partagé est utilisé, entre autre, dans « les Sept rêves et la réalité de Perrine Blanc », publié la même année que *l'Aigle...* dans le recueil de nouvelles *Rue Saint-Denis*. Mais la situation dramatique de *l'Aigle...* est encore plus complexe que dans ce rapport rêve / réalité, mise en *abyme* dans la fiction elle-même, ce qui n'est pas peu dire. En fait, on vient d'en voir un exemple, le texte est construit de manière suffisamment complexe pour permettre diverses interprétations. Dans la composition elle-même, il faut tenir compte de Jésus-du-Diable, qui, s'il apparaît comme le narrateur principal et la figure centrale de *l'Aigle...* est loin d'être seul en cause dans la fabrication même du récit et de la construction de son sens. Il y a trois autres narrateurs, qui parlent tous plus ou moins sur le ton de la confession, à commencer par l'éditeur (fictif), recevant le manuscrit des mains d'un certain Pierot-de-peu-de-sens ; ce dernier prétend, dans son propre discours, situé en annexe, et même s'il avoue ne pas savoir écrire, avoir lui-même complété le texte de Jésus-du-Diable ; enfin, dans une autre annexe, Noémie, l'amie de Jésus, pose sa propre réflexion sur le texte de Jésus-du-Diable. De ces annexes, d'ailleurs, on pourrait dire qu'elles ramassent dans leur brièveté nouvellistique les principaux éléments de la grande fresque romanesque que la totalité des récits de *l'Aigle...* finit par créer.

L'Aigle... prend donc l'allure protéïforme d'une série d'emboîtements empruntant à des genres assez libres du discours comme le journal intime, la confession, la manière autobiographique (fictionnelle), à la méthode du fragmentaire mais proliférant, somme toute, à une forme de puzzle qui n'est pas si éloignée du premier roman de Carpentier, très baroque mais non fantastique, *Axel et Nicholas* suivi de *Mémoires d'Axel*, sous-titré « roman-puzzle ». Jésus-du-Diable n'écrit-il pas lui-même : « Je m'astreins à recoller les pièces du puzzle » ?

Le problème du travail d'écriture du texte est de cette manière constamment exhibé, l'acteur principal surtout cherchant à en souligner le caractère exigeant, dangereux et proprement renversant : « Cette aventure que j'essaie de reconstituer m'a complètment anéanti ». Ailleurs, Jésus poursuit en ces termes :

> Qui pourra me sortir de cette histoire ? Car je ne sais plus où agit la distortion, dans l'aventure ou dans le récit que j'en fais. Mon écriture chavire sans doute et les lignes doivent monter et descendre, parfois s'entrecroiser et même déborder la feuille. Je bouffe du papier.

Qu'il y ait jeu d'écriture ailleurs dans le texte, rien

de surprenant puisque, d'entrée de jeu, l'éditeur (fictif) reçoit lui-même le manuscrit du roman qu'il présente du même souffle. Plus qu'une présentation, c'est une interprétation du roman qui en est faite. L'éditeur fictif tente de donner un sens à ce qu'il craint pouvoir être perçu comme de l'invraisemblace :

> Ce manuscrit [...] porte et supporte des éléments qui fraudent la réalité [...] Voici donc le récit effréné [...] d'un homme traqué de l'intérieur par le souvenir d'un événement à peine croyable [...] et surtout, par une enfant que la science magique porta au-delà des siècles.

À l'écriture sur l'écriture dans la fiction s'ajoute un ensemble impressionnant d'épigraphes qui semblent foisonner dans un beau désordre baroque. Quoi de commun en effet entre Boileau, Barrès, Reverdy, Flaubert, Pic de la Mirandole, Albert le Grand, Verlaine et Freud ? Des récurrences pourtant les raccordent : le rêve, la mort et le magique. Il y aurait donc un système subtil jusque dans cette montagne de citations. Forcément, car une œuvre a beau être baroque, cela ne signifie pas qu'elle soit entièrement libre de toute codification du discours, cela signifie simplement que le sens est davantage caché, camouflé par la surabondance de l'information.

Le récit principal, quant à lui, si on l'observe en lui-même, prend la forme libre du récit autobiographique ou du journal (il en emprunte plutôt le ton de la confidence, le protagoniste étant impliqué dans sa propre histoire dont il cherche à démêler l'écheveau, *apparemment* au fil de la plume). Mais, bien plus encore, ce qui transforme, ce qui travaille cette matière romanesque, c'est le caractère d'absolue étrangeté de ce qui sert d'embrayeur à l'ensemble des discours : la présence, dans l'univers réel ou mental d'au moins trois des quatre personnages (seul l'éditeur semble exclu de la pâte de l'intrigue principale), de Jeanne, la jeune mais pourtant vieille sorcière, qui s'apprête à fêter ses mille ans, à transmettre ses pouvoirs magiques à ses filles et qui procède de manière cruelle et violente à la prise de possession et à l'élimination de Jésus-du-Diable, de Noémie et de Pierot-de-peu-de-sens.

En tant qu'*objet d'écriture*, la sorcière ne se pose pas, elle, de problème d'écriture bien qu'elle exhibe à Jésus des papiers prouvant qu'elle a bien connu des nobles et des savants à travers les siècles.

> Et le pire, c'est qu'elle ne cherche pas à me convaincre, mais elle espère quand même me faire avaler ça. C'est un peu gros, Noémie, tu en conviendras. Mais que puis-je contre ces lettres qu'elle me montre tout naturellement [...] de clients de Strasbourg, dont elle, à Cagliostro, datées de 1780-1781 [...] Entre Paracelse, Roger Bacon et elle [...] Elle, toujours elle ! À travers l'Histoire, défiant le temps, et le bon sens.

Se trouvant en présence de cette formidable créature, Jésus ne se pose donc plus à ce moment le problème de la reconstitution de la réalité par l'écriture mais déplace le discours vers des questions de vraisemblance pure et simple, parfois axées sur l'incroyance (« défiant [...] le bon sens »), parfois sur la croyance en la pratique occulte de la magie :

> Aujourd'hui, je pense qu'elle m'est apparue sur la place de Blâmont [...] sur une longueur d'onde visuelle perceptible par moi seulement. L'on dira bien ce que l'on voudra, mais je crois dur comme

fer qu'elle m'est apparue. Comment expliquer cela autrement ? Tout concorde et tout débouche sur le magique.

« [Il] est impossible que je me trompe complètement et que tout cela ne soit que le fait du hasard et de mon imagination ». Le discours sur la croyance imprègne donc autant le texte que le discours sur le processus de l'écriture elle-même. C'est là l'autre obsession textuelle, l'obsession de contenu que l'écriture cherche, tantôt ardemment, tantôt de manière désinvolte, à mettre en forme :

> Je vais de surprise trop grande en surprise incroyable, je ne peux, à mesure qu'elle radote, que refuser le tout en bloc, comme si elle n'avait jamais existé. Et puis, je m'en crisse [...] Et puis quoi ? Je ne peux ni résister ni répondre à tout cela, évidemment, et elle le sait trop bien.

Ce qui finalement épuise le sujet, dans tous les sens du terme, c'est la saturation du discours par le retour des mêmes obsessions scriptuaires et magiques. Il y a bien sûr, tournoyant autour des motifs centraux de l'écriture et de ce qui la motive (la présence de l'incroyable), des séries de plans (couches textuelles constituées de rappels d'autres « réalités », de détails, d'anecdotes conflictuelles qui font qu'un roman est un roman) : au premier ou dernier plan, il y a le discours social, représenté par les policiers, les journalistes, l'opinion publique, qui permet de voir se détacher avec plus de netteté le discours de Jésus et des deux autres personnages empêtrés dans le filet magico-maléfique de la sorcière : « Écoute seulement [dit Jésus...] ma version des événements, qui n'a pas changé d'un iota depuis le premier récit que je t'en ai fait, ainsi qu'aux *policiers incrédules* ». Revenant du poste de police, Noémie écrit : « Je suis rentrée avec le manuscrit sous le bras, cette relation écrite dont *ils* n'ont pas voulu, contrairement à l'arme, la traitant d'*œuvre d'imagination artistique*. »

Si l'on voulait tenir compte de l'ensemble du système textuel (entreprise énorme), il faudrait spécifier, entre autres, que le roman se caractérise autant par des vides que par des pleins : l'absence, soulignée par Jésus, des habitants du village où se situe l'action étrange, la présence de chats-mécaniques manipulés par la sorcière et l'action d'une musique sur Jésus mais qui provient de l'intérieur de lui-même. Plus que la mise en scène du discours sur et dans le discours, il y a aussi simplement une mise en scène, dont le sens n'est pas absolument clair, mais qui peut s'apparenter à une forme de théâtralité ou de scénographie : d'abord le dépouillement du plateau, l'entrée d'acteurs bizarres, ces chats mécaniques formant comme une série de marionnettes manipulées par une main occulte. Quant à la musique hyper étrange, elle a une fonction bien précise en tant que signe de la soumission de Jésus à la sorcière qui exerce sur lui, à distance, un contrôle magique absolu, en s'infiltrant douloureusement dans son cerveau, de la même manière qu'elle manipule la mécanique des chats.

On peut se demander, à juste titre, ce qui a pu pousser Carpentier à écrire et à publier un tel roman où foisonnent les signes d'étrangeté et les préoccupations d'écriture. Sûrement marqué par son époque, Carpentier semble avoir été à une croisée d'influences qu'il serait oiseux de pointer avec précision. Admettons toutefois qu'il n'a pas dû être totalement étranger aux recherches esthétiques et théoriques du groupe Tel

Quel (Sollers et compagnie) en France, fort préoccupé par des problèmes formels et scriptuaires, et enclin à penser, à la suite de Julia Kristeva, que le texte moderne se pense lui-même. Lecteur de fantastique, d'autre part, il est certain que Carpentier ne projetait pas, dans *l'Aigle*... d'imiter les canons du genre, mais bien plutôt d'enfreindre les codes, de transgresser les règles du récit fantastique traditionnel.

Il faut aussi se rappeler que *l'Aigle*... se place, dans le champ littéraire de la fin des années 1970, aux côtés des œuvres, tout aussi baroques et fantastiques, de Jacques Brossard (*le Sang du souvenir*, 1976), de Denys Chabot (*l'Eldorado dans les glaces*, 1978), de Gaétan Brulotte (*l'Emprise*, 1979) et de bien d'autres qui, comme lui, pratiquaient l'esthétique baroque, la surchage formelle et souvent l'inscription du travail littéraire dans le texte fictionnel lui-même. Le sens de toute cette recherche esthétique ? Nous sommes encore peut-être un peu trop collés sur l'époque pour pouvoir le dégager, mais il est certain qu'il y a eu quelque chose comme un courant et que l'on aurait intérêt à l'explorer afin de mieux saisir les rapports entre le devenir esthétique littéraire et les autres mouvements culturels et sociaux dont *l'Aigle*..., avec bien d'autres textes, représente une formalisation et une sismographie symbolique.

MICHEL LORD

Note préliminaire de l'éditeur

Vixit.

« Qui n'a pas rencontré, à un moment plus ou moins défini de sa vie, dans le métro, dans un magasin, ou au sein d'une file d'attente à la porte d'un cinéma, un être aux traits de toute évidence uniques, sans doute issu de l'union de l'inquiétant et de l'étrange, du hasard et de la fiction ; un corps inhabitable, incompatible avec lui-même. Une discordance plus triste qu'hilarante. Un prince difforme du grand cirque de la vie quotidienne. Eh bien, c'était lui... » (*L'aigle volera à travers le soleil*, p. 33.)

Cet homme, dit « le fils », dit « Pierot-de-peu-de-sens », est venu me voir au lendemain des derniers événements de ce récit, au sein duquel il apparaît d'ailleurs dans toute sa robuste et maléfique laideur. La sympathie repoussante, aussi appelée pitié, qu'appellent à la fois son image et ses paroles, ne fut pas sans me saisir d'effroi.

Ce matin-là, je l'avais déjà remarqué, l'aube était brodée d'une lueur grise. L'homme attendait sur le trottoir devant la maison d'édition avec, à la main, un manuscrit sale, désordonné, mouillé, déchiré. Le décor était à sa mesure. Lorsque j'arrivai près de lui, il fixa au loin un timide coin de ciel éclairé émergeant d'entre la brume et les nuages, pointa le doigt en cette direction et murmura : « L'aigle volera à travers le soleil, car demain Jeanne-la-jeune-vieille, millénaire, aura fini de servir la gloire de Lilith, princesse des Ténèbres ». Il me lança ce manuscrit comme on soufflette un importun, puis se dirigea vers l'est, suivi de son ombre matinale. Là, sous le premier lampadaire éteint, il prit la main d'une jeune adolescente sortant à peine de l'enfance, tout de rose vêtue, trop féminine pour son âge et portant d'épaisses lunettes de soleil. L'homme difforme disparut ainsi, fuyant avec l'adolescente, exactement « à travers le soleil ».

Ce manuscrit, j'en laisse le lecteur juge, porte et supporte des éléments qui fraudent la réalité. Nous y plongeons comme dans le doute accompli. D'aucuns comprendront les événements ici relatés ; certains, perplexes, voudront occulter les fantaisies de son auteur. Les autres, comme moi, attendront le jugement de l'Histoire.

Voici donc le récit effréné, et d'ailleurs écrit d'un seul trait — le lecteur comprendra bientôt pourquoi — d'un homme traqué de l'intérieur par le souvenir d'un événement à peine croyable s'il en fut un, et de l'extérieur par mon étrange visiteur, mais aussi, et surtout, par une enfant que la science magique porta au-delà des siècles, Jeanne-la jeune-vieille, la sorcière de Blâmont.

Et seul et sans son nid
l'aigle volera à travers le soleil.

KHALIL GIBRAN

À moi !

Première partie

L'aigle volera...

En passant par la Lorraine
Avec mes sabots...

1

Le chagrin monte en croupe
et galope avec lui.

BOILEAU

Voilà que l'été, comme moi, tire à sa fin, bientôt recommenceront ces longues, ces interminables semaines d'humidité sans soleil, de brouillard, qu'on appelle en Alsace l'hiver. Mais je ne verrai pas cela, pas plus que mes bourrasques ni mes ça-d'épais-de-neige à l'orée du bois, bref tout ce qui replie l'homme des grands espaces sur la chaleur humaine des maisons étanches. Je ne passerai pas l'hiver, ni ici ni là-bas, au pays.

C'est la presque nuit sur Strasbourg. Septembre frappe dur cette année. Les fenêtres des buildings voisin s'illuminent, puis s'éteignent tour à tour, comme des petits carrés de lumière jaune sur de hauts-fonds gris de nuages et de béton. Je suis enfoui derrière des murs tapissés, sales et rugueux. Derrière ma nuque, aussi, des motos mitraillent le silence, cependant que des étudiants africains font rire au éclats des lycéennes acnéiques.

L'air est froid entre les colonnes de maçonnerie, et la zone urbaine joue plus que jamais son rôle d'écorchée vive. Mais je me fous de tout cela qui n'a plus prise sur moi. Et puis... je suis d'ailleurs.

Mais Noémie ne veut pas que j'en dise plus, elle

sait que je ne supporte plus la violence, même celle, puérile, des mots. Alors je met le capuchon sur mon Bic, plus précisément, je le mettrai dès que j'aurai achevé ce récit.

Ah ! Noémie, douce Noémie, tendre et compréhensive Noémie, dernier espoir, reste près de moi. Partage mon mal tout au long de cette nuit qui sera toujours trop courte, mais ne regarde pas ce que j'écris. Je t'ai raconté tout cela cent fois déjà, différemment d'une fois à l'autre, certes, changeant les mots et les images, mais cédant toujours aussi péniblement sous le poids du drame. Oh ! je sais, l'on dit que mon drame, justement, fut de tomber dans le piège de mes propres FANTAISIES, de prendre mes obsessions pour la réalité, mais je suis certain que l'avenir me donnera raison. On découvrira un jour le rôle véritable de la sorcière de Blâmont.

Mon écriture monte, descend, serpente et occupe trois fois trop d'espace. Elle ne suit pas le code de la route.

Cette aventure m'a laissé démuni. Je ne digère plus la musique, sinon Terry Riley et Tangerine Dream qui se relaient sans cesse sur la table tournante. Je ne vais plus chercher le journal, pas plus que je n'écoute la radio. J'attends le temps voulu, je laisse venir à moi ce qui passe avec le vent. Je respire et je revis des minutes, et je reminute des instants de ma vie, ceux de Harbouey et de Blâmont, ceux-là même qui ont zesté mes yeux. Harbouey...

Harbouey, 1974 : le Moyen Âge a ravi un coin de terre à l'époque contemporaine. En fait, Harbouey n'est jamais sorti du Moyen Âge. Tel un grand oiseau noir qui ne sillonne le ciel de son vol lugubre que pour signifier le malheur des gens de la terre, Harbouey attire à lui les derniers envoyés de la souffrance et de la magie.

Ce jour-là, Noémie, ton épouvante en témoigne encore, j'étais parti seul pour Nancy ; toi qui détestes vivre seule, tu préférais, puisque je n'étais pas là, perdre cette journée, la tuer dans l'œuf, et dans la sueur. Noémie, ne t'endors pas. Écoute.

Dans la Renault 4, cette bleue sympathique... oui, pose ta tête... cette bleue qui nous avait fait traverser le col Gran San-Bernardo à deux doigts de la panne sèche, qui avait bravé les depredatores Milanais* et la folie furieuse de la Rome asphaltée, dans la R4, donc, je jaugeais mes chances d'atteindre Noémie et Strasbourg d'un trait. Noémie, Strasbourg et le HLM tout vitré, ciré et givreux. Je tendais vers toi, Noémie, et non vers la folie, comme ils le disent.

C'est ça, Noémie, ronfle paisiblement sur le divan tandis que je m'astreins à recoller les pièces du puzzle.

À la base de cette histoire, il y a comme une musique, comme un air qui ne s'oublie pas, une hantise de tous les instants qui se fredonne seule. Cela ne pourrait se traduire en laa-la-laaa en do-si-do, sol-la-sol, mais cela n'en reste pas moins gravé dans le cerveau. À la fois dysharmonique et rappelant les pulsars, cela ne me laisse de repos que la nuit. Aujourd'hui encore.

Je suis possédé.

Et c'est à l'aide de ces sons, et de douleurs programmées au plexus, que la sorcière me domine toujours. Cela, personne ne peut le nier ; je souffre tout au long du jour de maux étranges et inexplicables qui

* ...les depredatores : les pilleurs. (NDÉ)

m'enlèvent peu à peu toute volonté et toute force de vivre. Et pourtant, n'ai-je pas mis, entre la sorcière et moi, des dizaines de kilomètres ? Ne suis-je pas revenu à Strasbourg depuis maintenant plus d'un mois ?

Ainsi, au moment où je croyais pouvoir tout oublier et me replier doucement sur moi même, comme l'ours en hibernation, Jeanne-la-jeune-vieille et son envoyé du diable, le Pierot-de-peu-de-sens, mettent à nouveau tout en œuvre pour m'éliminer. Mais j'anticipe.

La Lorraine. Certains vieux l'appellent encore la Lotharingie, du nom du roi Lothaire 1er, fils de Louis le Pieux, dont les deux autres fils, Louis le Germanique et Charles le Chauve, se liguèrent contre Lothaire en signant un traité d'alliance connu sous le nom de Serment de Strasbourg et dont les textes constituent les plus anciens monuments en vieux haut allemand et en vieux français. La Lorraine. Un paysage parsemé de saules pointant tantôt vers le ciel, tantôt vers le sol, de châtaigniers défiant les siècles et de tuchiens pointillant l'automne de taches roses. La Lorraine. De grands caractères formés par les guerres, les invasions et de multiples changements de drapeaux. La Lorraine. Une tristesse ensorcelante. Tu sais, Noémie, je te l'ai raconté souvent ces dernières semaines, lorsque j'ai quitté Nancy, après y avoir été quérir les boîtes de livres chez Henry, je m'en venais résolument vers Strasbourg ; toutefois une erreur d'itinéraire que je ne comprends toujours pas, mais que j'imputerai au soir tombant, m'a fait manquer un embranchement vers toi. À Montigny, je décidai de prendre un raccourci pour Blâmont.

Dors bien, Noémie. Tu vois, il n'y a déjà plus que

huit carreaux jaunes qui brillent sur la face ouest de la nuit. Les HLM dorment profondément, même leurs queues de chiens battus ne battent plus le sol.

Je traversai Saint-Maurice-aux-Forges, Neuviller-lès-Badonville, Montreux, Montigny, et là, complètement perdu, je décidai de m'arrêter dans le prochain patelin et de reposer mes yeux, mes membres, mon corps, mon cerveau. Je m'arrêtai à Harbouey. Harbouey, Noémie, me voilà dans Harbouey. Je ne le sais pas encore, mais je suis déjà prisonnier dans le vent calme de la nuit.

Devant l'iceberg qui sert de l'église, je cherche quelqu'un qui puisse m'indiquer l'hôtel le plus proche, mais il n'y a personne.

Ah ! cette damnée musique sans mélodie qui ne me laisse plus de répit ; et cela précipite ma main, et cela active le glissement crissant du feutre sur le papier.

Comme Harbouey semble déserté, je décide de dormir dans la R4, sur les boîtes de livres, pourquoi pas ! la sacoche d'osier achetée à Nancy pour Noémie me servant d'oreiller. Harbouey est revêche au regard, surtout dans les ténèbres, et rude à l'odeur, en particulier près de l'église, mais Harbouey est aussi doux pour la peau, tel le vent de la dernière page d'un livre apprécié se refermant sur le rêve.

Couché depuis plus de vingt minutes déjà et ne trouvant pas le sommeil, je fixe le plafond de la R4, là, si près. Je suis trop éreinté pour dormir. Tu sais, Noémie, ces heures interminables passées au volant, et cette attitude de violence du conducteur, tout cela épuise, cela vide, corps et âme. Oh ! toi tu dors toujours en auto, Noémie, tu dors. Tu ne sais pas vraiment de quoi je parle ; ton instinct te refuse la conduite des bolides, mais à partir de maintenant, il faudra bien que tu t'y mettes, surtout si tu arrives à récupérer la bleue. Mais j'anticipe encore.

Je décide donc de marcher un peu et, comme c'est la lassitude qui m'envahit, par rapport à un mal bien précis, je me laisse porter d'une jambe à l'autre par le seul mécanisme de l'équilibre, ce qui m'amène à descendre machinalement cette petite pente naturelle qui n'est pas sans donner de la profondeur à l'artère principale d'Harbouey. Un peu plus bas, collé sur un tas de fumier comme un guetteur à sa redoute, un chat gris perle à poitrail blanc, banal, me fixe de ses yeux vert et jaune.

Je pense aujourd'hui qu'il dut y avoir un léger décalage, oh ! une très courte perte de temps entre l'apparition du chat et celle de la voix : « Viens mon Gamin. Viens. » Cette voix, elle a quelque chose, quelque chose de lisse, et de rocailleux, tu sais, un peu comme celle de la vieille vendeuse de frites de Bruxelles, celle-là qui nous avait imposé une mayonnaise en nous soumettant à la seule autorité de son timbre.

J'attrape donc le chat qui, à ma grande surprise, ne se sauve ni ne résiste, puis j'allonge le bras chargé du côté de la voix : je tends l'animal musclé, raidi, à la silhouette un peu lourde. Drôle de chat, en vérité, qui n'a pas le corps flexible. Et si lourd pour sa masse, j'y pense. Si lourd ! « Sacré Gamin, il partirait avec n'importe quel étranger. Vous n'êtes pas du coin, vous ?

— Je suis Québécois, mais j'habite actuellement Strasbourg.

— Ah ! Vous êtes de Strasbourg.

— Temporairement, car...

— Bizarre, vous ne parlez pas de la main gauche. »

Quelques minutes et de nombreuses phrases ou

bribes de phrases se suivent ainsi, la vieille femme ne cherche pas vraiment à comprendre ce que je dis mais seulement à décrypter ma phonétique. Elle comprend tout de même que je suis perdu et que ma bleue est stationnée devant l'église, que je suis fatigué, ennuyé, affamé. « Entrez quelques minutes, vous qui aimez les chats.

— Qu'est-ce qui vous fait croire que j'aime les chats ?

— Ceux-là ne se laissent approcher que par ceux dont le destin leur semble lié. »

Voilà le genre d'indice, Noémie, qui parsème les premières notes de cette étrange aventure, et dont le pelage n'a pas même attiré mon attention.

J'entre donc. Cela étonne, oui, drôle de passeport que l'amour des félins, d'autant plus que je n'aime pas particulièrement ces chats. En fait, je crois bien avoir ressenti à leur égard une sorte de répugnance viscérale que d'aucuns qualifieront de prémonitoire. Pourquoi cette bête-là jeta-t-elle son dévolu sur moi ? Je devrais plutôt dire celles-là, car, dans le corridor qui mène à la cuisine, je viens bien près de trébucher à sept ou huit reprises sur des chats de toutes les sortes, des gros des noirs des laids des petits des blancs des beaux des tachetés. Et ce n'est pas tout, il y en a autant dans la cuisine. Je n'arrive même pas à les compter tant il y en a et tant ils sont agités.

Un autre carreau en moins dans la fenêtre, Noémie.

La vieille femme m'invite à m'asseoir, ce que, bien sûr, je refuse, et je reste accroupi à triturer ces animaux rebelles qui ne me tendent que parcimonieusement leur fourrure. Puis elle parle d'eux.

Son visage, toutes proportions gardées, est jeune et beau, musclé, carré pour son âge, mais sombre. Ses cheveux blancs sont tressés. Tandis qu'elle parle, les chats lui grimpent dessus, se promènent sur la table, léchant les assiettes et bousculant les casseroles. Dehors, un chien jappe à ameuter le village. Elle a des cicatrices sous les yeux, pas des poches, des cicatrices, puis sur le nez, qui est d'ailleurs fin. Elle a aussi quelques marques sur les tempes, et au-dessus des sourcils. En fait, son visage est à ce point ruisselant d'inquiétude et ravagé à la fois qu'il fait penser aux éclairs de chaleur par ces soirs humides où la pleine lune n'arrive pas à percer les nuages et où le ciel prend des teintes brunâtres pour en souligner le caractère dramatique. Il y a quelque chose d'inéluctable dans son regard, et sans doute dans celui que je porte sur elle.

Depuis plus d'une demi-heure, je suis là, dans cette maison, à examiner autour les meubles anciens, le brûleur à gaz, le poêle à bois, le vert pomme tout écaillé des murs, la nappe de plastique à carreaux roses, les confitures, le pain douteux, les ustensiles qui glapissent en tombant sur les tuiles du plancher et qui y restent collés. Et puis cette horde de chats nerveux qui bousculent tout et lèchent les plats. En fait, je dois vaincre tout cela, ou du moins le sentiment d'écœurement que cela provoque en moi, lorsqu'elle m'offre un bol de soupe. Un coup d'œil inopiné sous la table afin de me défaire d'un chat qui me griffe au point de faire venir le sang, et voilà que le bol arrive. L'a-t-elle lavé ? Je jette à tout hasard un coup d'œil du côté de l'évier, mais cela n'arrange pas les choses, car l'eau de vaisselle est noire, crasseuse et graisseuse. Je mange du bout de la cuillère : choux, pommes de terre, navet, riz, nouilles, tout ça dans le bouillon d'un précédent plat de lard et de saucisse. Un festin qui me fait un bien étonnant. Il faut être resté des heures au volant à regarder défiler des phares jaunes à contre-sens pour avoir une idée du bien dont je parle. Mais tu comprendras mieux ce que je dis, Noémie, quand tu auras à tenir les guides de la bleue à ma place. Tu connaîtras la jouissance et la lassitude du conducteur de poids lourd.

Tout le temps du repas, le bataillon de félins danse autour de moi dans l'espoir d'une goutte ou d'une miette perdue. Le premier, Gamin, saute sur mes genoux, puis sur la table, bientôt les autres le suivent. Et je reste là, sidéré, n'osant les chasser ni leur interdire de lécher mon bol, ni ma main. Il y a, entre eux et moi, ce sentiment que quelque chose doit éclore afin que chacun prenne sa position sur l'échiquier. Oh ! certes, je dis cela à distance, car sur le coup, à Harbouey, il est clair que ce sentiment ne toucha pas nos esprits, du moins, pas le mien.

Les chats ont fini de lécher mon bol. Je suis à nouveau debout au centre de la pièce, non plus parce que j'en ai assez d'être assis et d'avoir été au volant toute la journée, mais parce que la situation me l'impose ; la bande de chats empiètent sur moi, grimpent sur mon dos, le long de mes bras, et me griffent légèrement le cou. Je ne sais plus quoi faire d'eux, ni de moi, à fortiori.

La femme, pendant ce temps, tandis qu'ils tournent autour de moi, planté là comme céleri au soleil, la femme donc parle de ses chats comme d'enfants mis bas, nourris et lancés prématurément dans la nature agricole. Elle parle tantôt de Chou, celui qui a l'air chinois avec sa gueule jaune, ou de Julie, celle qui a le poitrail roux, tantôt de Titi, celui qui est presque aveugle, ou de Bouillabaisse, ce drôle de mélange, de Papelin, toujours à la queue de Gamin, celui qui les commande d'ailleurs tous, puis de Mignon, continuellement dans la fenêtre à faire le beau.

Et cette damnée musique qui gigote toujours dans le fond de mon oreille ! Pas vraiment une mélodie, non. Ni motif, ni harmonie, ni rythme. Seulement une source lointaine de sons cristallisés. Des couleurs qui chantent sans air mais avec délice. Il y a des distances qui s'entrechoquent dans mon oreille.

Grigou, ce méchant bagarreur qui disparaît pendant des semaines, Ragoût, l'amuseur public numéro un, Gadin, cette pauvre bête anémique qui a toujours l'air de se traîner et qui trébucherait sur une paille.

Ce soir-là, sans autre avis que ces mots, elle me signifiera qu'un lit est à ma disposition dans la petite chambre du fond. « Mon fils ne vient que le samedi. Vous pouvez coucher dans son lit. » Je cherche discrètement à me renseigner sur ce fils absent, mais elle ne m'en dit presque rien, sinon qu'il n'aime pas les étrangers. Ni d'ailleurs Harbouey, non plus que la ville. Sans doute un inadapté, un tout croche dans sa tête de citoyen, un cancre dans la vie, un gars écœuré qui oublie chaque jour de sauter par la fenêtre en criant « Banzaï, les copains, et à jamais ». Au mur de sa chambre, des cartes postales de Bretagne, avec des plages gaéliques, des bouts d'inscriptions ogamiques, des baigneuses en papier, également des souvenirs du Midi avec tous les symptômes d'une cirrhose ruminante, des restes de voyages en Catalogne, en Bourgogne, dans le Calvados. Bref : un tour de France spiroïdal, l'*aventura* des terrains de camping, des barbecues à brochette motorisée. La dégustation en direct, et puis... le sommeil qui m'emporte loin des lieux, des gens et du temps, ma première vraie incursion du côté de cette musique sans mélodie, celle qui vient se poser directement dans la trompe, sans marteler ni enclumer.

Combien peut-il bien rester de carreaux jaunes dans la fenêtre panoramique ? Je ne le sais plus. D'ailleurs cela n'a pas vraiment d'importance. Qu'il me suffise de savoir que la nature humaine, comme dit souvent Noémie, n'est jamais tout à fait endormie. Alors disons que c'est la pleine lune, et que, pour une fois, la brume s'est absentée d'Alsace, et de Lorraine, quoique là-bas c'était la nuit noire. La pleine lune aveugle et froide. La vieille femme me le fit d'ailleurs sentir avec un « Bonsoir » à imposer brutalement le sommeil.

Cette nuit-là, Noémie, cette nuit-là, les chats lampèrent mes yeux et mes lèvres gercées, mais la fièvre m'empêcha de distinguer le rêve de la réalité. Quoiqu'il faille avouer que, dans cette aventure, le réel et l'irréel tiennent des mêmes charmes et sortilèges.

Cette nuit-là, également, au cours d'un bref rêve de lever du jour, je fis la connaissance du fils éloigné. Il m'apparut dans un décor brumeux, assis derrière une petite table métallique recouverte d'une toile cirée carrelée jaune et brun. Qui n'a pas rencontré, à un moment plus ou moins défini de sa vie, dans le métro, dans un magasin, ou au sein d'une file d'attente à la porte d'un cinéma, un être aux traits de toute évidence uniques, sans doute issu de l'union de l'inquiétant et de l'étrange, du hasard et de la fiction ; un corps inhabitable, incompatible avec lui-même. Une discordance plus triste qu'hilarante. Un prince difforme du grand cirque de la vie quotidienne. Eh bien ! c'était lui qui, caché derrière un pot, posait sur une chaise de rotin à large dossier. Il buvait, jurant et crachant, à la santé de la sorcière, lui offrant son corps et son âme en damnation éternelle. Je vis aussi son visage lacéré et râpé en simili-cuir, de même que ses larges bras poilus de paysan et ses mains toutes en corne. Il puait les sueurs froides et la trop longue habitation des mêmes guenilles. Mais surtout, juste avant mon réveil affolé, je vis cette horrible distorsion dans tout son être, ce visage qui ne cadrait pas dans sa tête. Une image de rêve, à n'en pas douter, car la réalité n'aurait jamais accepté cela. Un homme à ne pas rencontrer au coin d'une ruelle, même au soleil de midi.

Et pourtant, pourtant, n'est-ce pas justement au coin d'une ruelle que je le rencontrerai pour la première fois, un peu plus tard, en plein soleil ténébreux ! Et ne ressemblera-t-il pas, aussi, point pour point, à cette image cauchemardesque !

Souvent la nuit, encore, je pense à ses mains, à ses yeux d'engoulevent, je sens, dans mon cou, sa respiration de crapaud. Et je pleure jusqu'à ce que lo diape m'empouthèche* !

Dans ma fenêtre, tandis que j'essaie d'ordonner les événements d'Harbouey, quelques carreaux jaunes se sont allumés, puis éteints. Bientôt ils se rallumeront avant que de s'éteindre pour la nuit. Ainsi relevé de points lumineux, le béton d'en face prend du relief. Cela donne à la mort lente qui caractérise la vie de HLM une sorte d'éclat diffus ; on croirait à un Titien dernière époque.

---

* ...que lo diape m'empouthèche : que le diable m'emporte. Patois lorrain (NDÉ)

En plus de ressasser les moindres détails de cette malencontre, j'ai eu amplement le temps, depuis mon retour à Strasbourg, d'ordonner les souvenirs de ces dernières années passées ici à étudier la littérature et la civilisation du Moyen Âge européen.

Le tout avait commencé à Montréal par un souverain dégoût de la vie. Dégoût qui ne m'a pas quitté depuis. Certains jours, d'ailleurs, cette vie donne à croire qu'elle n'est pas faite pour les individus de ma sorte. Rien ne me va. Rien ne me réussit. Et la solitude m'étouffe. Et j'ai l'impression de parler seul. Et je parle seul pour meubler le temps. Je tire un joint et je songe à ces gens fous qui fourmillent dans la rue et qui gesticulent en tout sens pour oublier que nous n'avons de sens qu'en foule. Et chacun piétine sa solitude et la confond dans la masse. Seul, l'homme a peur de mourir. Seul l'homme a peur de mourir... seul.

Ce qui m'arrive ne change vraiment rien. J'en avais déjà assez de cette vie de cochon, et jusque-là de cette bande de caves qui reproduit sans cesse la même tristesse. Certains jours, je voudrais faire s'écrouler ces murs sales de béton grumeux. Craquez, lézardez, « déserts verticaux », et laissez-nous échapper, mouches bourdonnantes, délivrez-nous de la télé couleur, et que ça saute, là-dedans ! Révolte-toi, bonhomme, ou jette-toi du haut de ton balcon, saute ou crève, dégueule dans ton bain ou chie dans l'ascenseur, jette ton *boss* dans le vide-ordures, pousse tes murs sur le trottoir, ton balcon dans la rue, pisse sur ton nez pour te réveiller, tu le peux encore, toi, moi plus. Cette aventure que j'essaie de reconstituer m'a complètement anéanti, retiré de la circulation.

2

L'horizon qui cerne cette plaine est celui qui cerne toute vie, il donne une place d'honneur à notre soif d'infini.

MAURICE BARRÈS

Le lendemain n'est jamais un jour comme les autres, qui nous lance toujours plus en avant dans nos chances de percer l'avenir, et de colmater le passé. Ce lendemain-là, le réveil est encore plus difficile qu'à l'habitude ; je me traîne avec lassitude, entre mes tempes qui battent à contre-temps, ne reste qu'une impression de vacuité. C'est peut-être ça, la plénitude. Quoi qu'il en soit, moi, ça me donne mal au ventre. Et puis, d'oublier ma Noémie, car je t'oublie vraiment, je te refoule, ça me vide la cervelle. Je n'ai plus envie de rien, pas même du vide. Je suis là, seulement, au centre de la cuisine, croyant provoquer la levée du jour. Quelle blague ! La vieille femme est déjà sur pied, affairée à faire du quotidien une vie complète ; elle a certainement préparé le petit déjeuner du soleil. Elle met des croûtons dans la soupe des chats. Tiens ! ils y sont toujours, ceux-là.

Elle m'offre un bol de café avec du pain et de la confiture de quetsches. Je ne peux pas refuser, tu me comprends, Noémie.

Pendant que je finis de manger au milieu des chats,

cette musique réapparaît, qui me pénètre sans m'atteindre. Comprends-moi bien : ce n'est pas une musique qui vient vers moi, elle se produit en moi, bouscule l'espace et m'amalgame au cosmos. Je n'exagère pas. Elle bruite plutôt qu'elle ne module. Ah ! Je sais bien que tu rigolerais si tu était éveillée, toi, la psychologue, mais je n'ai d'autre façon de te faire comprendre ce que j'éprouvais à Harbouey et à Blâmont, et que je ressens encore aujourd'hui durant tout le jour : ce sentiment intolérable d'avoir en soi un corps étranger, et qui fait de la musique, en plus, de la musique à faire brailler un sourd.

Tout en mangeant, je dois repousser les chats qui envahissent la table. Et je mets de la vigueur dans mes gestes, vu qu'elle n'est pas encore revenue, car elle est sortie chercher des œufs. Je sauce le pain confituré dans le café, ce que je n'ai jamais fait ni pu sentir de ma vie. Les miettes de pain et la confiture flottent sur le café gris, puis se prennent dans ma moustache.

La maison est humide. Bien sûr, je n'ai des blockhaus que des impressions en trente-cinq millimètres, mais je pense que l'humidité de cette maison vaut bien celle qui y prévalait. J'ai les reins cassés, car je ne supporte pas l'humidité.

Plic. Plus que trois carreaux dans la fenêtre. Déjà ! Il doit être l'heure de la courte mort, celle-là, souvent, qui fait s'agiter, digérer, péter, roter ou se tenir le foie à deux mains, dégueuler, enfanter ou enculer, mourir. Car la nuit est propice à tous les désordres. La nuit est toujours une affaire nouvelle pour ceux qui vivent la face tournée vers le ciel.

Après le petit déjeuner, je trouve la femme dehors à caresser un nouveau chat. C'est à se demander d'où ils sortent tous. C'est un chaton noir qui n'a certainement pas plus de trois semaines. « Celui-là, me dit-elle, il demande trop de soins. Je vais le faire tuer. » Et elle part discuter le coup avec son voisin . Je le vois qui attrape la bête par la peau du cou et qui fait signe que oui de la tête, puis il part derrière sa maison, le pas lent, le geste confus. Peut-être s'en va-t-il tuer un christ-chat qui ressuscitera ou une chatte enfantée par une colombe ? Sait-on jamais qui l'on tue.

Avant qu'elle ne revienne, car elle s'attarde chez des voisines à qui elle doit raconter qu'elle a un Québécois de Strasbourg à la maison, je cherche une hache dans la remise et me mets à fendre du bois à mon tour. Je sens qu'autour on pense aux centaines de milliers de bras qui ont bûché l'histoire de ce pays lointain de mes origines. Et c'est tellement bête que cela me fait du bien. Je me sens mieux, malgré ce mal de reins que l'effort saccadé accentue. Ce sont plutôt la sueur, qui me nettoie l'intérieur, et la contraction des stries musculaires qui me font ce bien immense, ou peut-être tout bêtement, qu'en penses-tu Noémie ? le relâchement des circonvolutions cérébrales. Quoique je n'arrive pas à penser plus loin que mon cerveau, je ne me sens pas diminué ni rétréci dans ma boîte crânienne.

De l'autre côté du chemin, chez l'habitant assassin du christ-chat, deux enfants en jupes et en seins juvéniles m'examinent en riant derrière leurs mains moites. Je retire la veste de denin au dos de laquelle j'avais brodé, il y a quelques années, un dessin de Crumb, puis je leur donne une démonstration de coupe de bois. Il ne me manque que la chemise à carreaux rouges pour leur montrer d'où je suis, de cet autrefois pays de coupeurs de bois et de porteurs d'eau... de vie. Le capitaine Kébec sur mon chandail, pourtant bien visible sur fond blanc, elles ne connaissent pas, les petites, bien sûr.

C'est dans cette conduite de pensée que je me mets à sacrer et à bûcher d'une seule main sur les rondins, svip-clap, svip-clap, svip-clap, par derrière le dos, par-dessous la jambe, en giguant, les yeux fermés, à rebrousse-poil, sans les mains, maman, regarde, merde, une ampoule ! Sérosité et cie. Je fais semblant de rien, question de ne pas me ridiculiser. Je m'assois sur une bûche et me roule une cigarette. Cela fait rigoler les jeunes boutonneuses, ainsi que la femme-à-chats qui est là, sur le pas de la porte et qui m'examine de ses yeux sombres. « Mon mari roulait aussi ses cigarettes, dans les années trente.» Puis elle inspecte le ciel avec réflexion : vent d'ouest. « On va avoir la pluie de Paris. »

Dans le tas de bois, je mets la main sur un bout de branche étonnant, long comme une main et gros comme un poignet de femme, il est très dur et tout nervuré, strié. Sa base est d'une coupe franche, tandis que l'autre extrémité est effilochée, comme si on l'avait coupé à la hache. Si j'avais un couteau, je pense que j'arriverais à y sculpter quelque chose, peut-être justement une tête de coupeur de bois barbu, comme moi. Pourquoi pas ? Je mets la cigarette sur l'oreille et vais dans la remise où je trouve aisément un canif d'assez bonne taille, puis la femme m'apporte, sans que je lui demande quoi que ce soit, une pierre à aiguiser. J'affile la lame avec de grands gestes qui m'amusent, comme un enfant qui, apprenant à dessiner, découvre l'espace. La pierre est creuse, son manche vieilli et écaillé, il y a du temps dans cet outil qui fait plisser les yeux de la femme revenue devant sa porte. Elle me regarde tirer du bois des formes brutes. Je peine, car la matière est dure et le couteau léger ; mes gestes manquent d'assurance. Malgré tout, mais très lentement, un nez se dessine qui semble lui rappeler quelqu'un, son visage trahit un niveau d'émotion que je ne lui connaissais pas jusque-là.

L'air est plein d'un silence oppressant, je n'ose pas cesser de travailler le bois. Un vent de gravité souffle sur Harbouey. Et j'achève ma troisième cigarette. La femme n'a pas quitté le pas de la porte, elle reste là, figée, tantôt à me zieuter, tantôt à balayer le ciel de son regard de plus en plus sombre. Elle passe du sol au ciel et du ciel au sol, comme du bout du village à ses chats. Dans ses yeux de jeunesse, des éclats d'obus, des chars qui vont d'est en ouest, des *tanks* casqués, une langue qui beugle à la sortie, « Deutschland über alles » ! Une mort violente, celle d'un père tant aimé, puis une autre, celle d'un amant de ville.

Elle me parle de son père qui servit comme troupier dans la deuxième armée commandée par le général De Castelneau et qui fut tué à Morhange le 20 avril 1914, quelques semaines à peine après le début de la guerre, puis un peu de son mari, mort à Sarreguemines le 7 octobre 1939, lui aussi aux premiers coups de canon. Elle me raconte aussi l'exode à la campagne avec le jeune fils innocent mais jamais innocenté, la réclusion volontaire. Elle ne s'est jamais intégrée, elle non plus, ni à Nancy, à l'époque, ni à Harbouey ni à la France. Ni au monde. Onzième station, je souffre de plus en plus, je porte ma croix, et je n'ai plus rien à espérer. C.Q.F.D. Rentrez vos bazookas, les gars, et mettez des rires par-dessus vos grincements de dents. Ne me mordez plus, j'en ai jusque-là de me faire rentrer les dents, 'stie !

Oh ! comme je voudrais lui dire, à cette pauvre

femme, combien je suis vidé, et que je dois penser à toi, ma Noémie, et que je n'y arrive pas. Il y a un phare qui m'aveugle et m'attire sur des récifs que j'ignore.

Plus tard, lorsque je dégagerai mon visage de mes mains fines, que je voudrais pourtant massives et calleuses, je la verrai sortant de la remise avec une poche dans les mains. « Je vais au jardin.

— Je vous accompagne. »

Tu ne m'as jamais vu, Noémie, marchant dans la nature avec une vieille femme. Tu souris, mait tu n'a pas vu ça. Les mains dans les poches, toute épaules rentrées, le bas des jeans traînant dans la rosée. Mirabelliers châtaigniers pommiers noyers... Elle ramasse des choux, moi des patates ; des carottes, moi des fèves ; des oignons, moi des bettes ; des concombres, moi de l'ail. Et de la santé organique plein la grande poche que je porte jusqu'à la maison en marchant derrière elle, rêveur. Tu sais, ce rêve de campagne. Saint-Germain. La plaine, la « pleine tranquillité ». Le retour aux sources ancestrales des Cantons de l'Est. Mon arrière-grand-père Herménégilde qui ressemble au docteur Schweitzer et qui marche avec moi dans les pommiers, qui fait danser les Cantons avec son archet à mesure que son verre se remplit ; et toi-et-moi, derrière le violonneux, tirant un joint à sa santé, les pieds agiles au set carré, les bras dansants. Et tout autour, l'affluence de vieux, de mal rasés, de jeunes fous... La foule. Un rêve obsédant, Noémie, un rêve brusquement coupé à l'approche de la maison par une autre cohue : celle des chats.

Sur le coup, je crois comme elle que c'est la faim ou l'approche du mauvais temps qui les pousse à une telle agitation. Et pourtant, ils ont des gestes griffants, de ces gestes violents qui auraient dû provoquer en moi une crainte immédiate, ou tout au moins une certaine méfiance.

Inattentif aux dangers qui m'entourent, je laisse entrer la femme avec la poche et je me remets à sculpter, je devrais dire à meurtrir le bout de bois camus trouvé dans les rondins. Le temps passe ainsi, entre éclaircis et périodes nuageuses, silences et cris d'enfants, fumier et soupe au chou. Mon œuvre ne progresse que très lentement ; le personnage profite maintenant d'yeux, de sourcils et d'une bouche, aussi d'une barbe et de cheveux qui apparaissent naturellement dans le profil du bout de bois.

Je suis ainsi à creuser quelques rides lorsqu'elle vient sur le pas de la porte me demander si j'ai faim. Je veux bien manger à nouveau avec elle, mais je suis ici depuis si longtemps déjà... « Je vous ai demandé si vous aviez faim, pas si vous étiez gêné. »

Encore vingt minutes, qu'elle me dit en venant chercher quelques morceaux de bois refendus ; cela me laisse assez de temps pour parfaire ma technique de bûcheron. Je m'y mets donc, tandis que les chats me courent entre les jambes, sur la corde (en réalité, une stère à peine) et dans le bois refendu. À un certain moment, Noémie, aussi curieux que cela puisse paraître, on dirait que je sors d'un court mais profond sommeil, on dirait que je m'éveille, haletant et frappant sur les rondins à grand renfort de muscles ; je me surprends ainsi déchaîné et dans un état... comment dire ? d'hébétude. Devant moi, disparaissant itérativement derrière le passage de la hache, il y a les yeux verts jaunis de Gamin qui me fixent. Et puis, il y a cette musique vibraphonique dans mon oreille qui... Tu le sais, Noémie, cette musique me tourmente.

L'ombre d'un instant, j'ai été possédé, mais sur le coup, je n'ai pas reconnu le phénomène. Si les démons peuvent troubler l'atmosphère, soulever les vents et faire tomber le feu du ciel, comme l'avait si justement noté Thomas d'Aquin, je sais maintenant qu'ils peuvent aussi anéantir les pouvoirs élémentaires de l'esprit de façon inattendue et fort subtile.

Je suis troublé dans mon esprit et dans mon corps, l'environnement me séduit et me dégoûte en même temps. Comme l'oiseau en cage qui ne reconnaît plus la liberté et qui perçoit les barreaux de sa cage comme limite de l'univers, je me sens à l'étroit dans ce décor d'un autre temps. Et cela agit sur mon métabolisme. La vessie me tiraille, mais je n'ose pas aller en tirer une ; je vois d'ici la bécosse en forme de tire-lire, un océan de puanteur pas possible. Faut être maso pour aller chier là-dedans, ou viser le record mondial de vitesse en chiottes à une place, scellées, camphrées, arrosées au gros rouge. Le fils est passé par là, pas de doute. J'ai envie mais pas le goût ; mieux pisser dans mes culottes. Après tout, je n'en suis pas à une minute près.

Oui, Noémie, je vais écrire encore un peu. Non, pas besoin de café. Non-non, puisque je te dis, pas de café. Bon, bon, ok, ça va, je prendrais volontiers du café, voilà.

C'est pas un repas, Noémie, que la mère aux chats vient de me servir, c'est un festin. Du lapin en civet, un bon vin. Aussi, le tout bien avalé, elle me roule une cigarette avec une telle dextérité que j'en rougis. Ne rigole pas, Noémie, je finirai bien par y arriver. Un jour, tu verras, je vais m'en rouler une d'une seule main en te tenant par le cou, mon bébé, ou en caressant ta peau noiraude de métisse, ma mulâtresse aux fesses douces.

Si seulement, ce jour-là, j'avais vu, derrière mes paupières, ton corps ouvert de cuisses chaudes, peut-être aurais-je quitté Harbouey à temps, qui sait ? Peut-être aurais-je enterré Harbouey sous des tonnes de kilomètres-vers-toi. Mais j'avais les yeux ouverts, toujours et inexorablement ouverts.

Je ne t'ai pas dit, Noémie, pendant le repas, au moment le plus calme, donc le plus inattendu, la voilà qui se lève d'un coup sec, affolée ; elle se précipite sur un bol de métal jaune laissé par terre près du poêle, un bol jaune auquel, étrangement, aucun chat n'a touché jusque-là, puis elle se lance dans sa chambre à toute allure, quoique lourdement, elle y ouvre la fenêtre qui donne sur la rue et pose le plat sur la base de dormant. Alors, sans vraiment distinguer de détails, je devine une double présence dans la fenêtre, celle d'un chat, bien sûr, qui, posé pesamment sur le rebord, se découpe dans le clair-obscur d'un corps adulte embusqué dans la nuit.

Je ne porte pas vraiment attention à tout cela. Mais j'aurais dû. Je ne sais pas si cela aurait changé quelque chose, mais... En vérité, il était déjà trop tard, je le sais maintenant.

Sur le coup, je ne suis pas alarmé non plus par l'état de la vieille femme revenant vers moi, soufflant, titubant, le regard changé. Son corps paraît rompu, brisé. Je sens qu'elle n'en peut plus, comme moi aujourd'hui. Elle ne dit pas un mot, et se remet négligemment au civet. Je n'ose pas parler, et elle ne me regarde pas. Cinq bonnes minutes passent ainsi avant qu'elle ne reprenne son calme tout à fait, que ses poumons se remettent à vibrer à son rythme de vieille femme. Je n'irai pas jusqu'à dire que je crains pour elle, mais je suis envahi par un vague sentiment d'inquiétude. Et je pense plus à l'environnement qu'à la vieille femme, et pas du tout à moi-même. Quant à toi, Noémie, tu ne fais plus partie de la vie, comme lorsqu'un événement nous rappelle quelque chose sans que l'on sache quoi au juste, quelque chose de vague, qui ne modèle plus la réalité.

Se développe, dans l'air humide de la nuit, un pollen invraisemblable de folie. Cela ne pollue pas, ça naît en dedans, comme les sons.

À deux bouchées de la fin, un violent coup de vent balaye la pluie sur Harbouey, ça craque et étincelle dans le ciel, ça déchire la nuit en saillies lumineuses. Ah ! j'aime pas le tonnerre. Nous nous précipitons, la femme et moi, dans la remise adjacente pour y prendre une bâche afin de recouvrir le bois refendu. En cours d'opération, je scrute les profondeurs de la nuit à la recherche de l'ombre aperçue plus tôt par la fenêtre. Mais il n'y a personne devant la maison ni dans la rue, seule la pluie pianote sévèrement le sol en d'infinis petits jets d'eau et de lumière qui rebondissent aussitôt comme autant de fontaines sonores. Soudain mon regard tombe sur un gros matou bien installé sur le rebord de la fenêtre qui donne sur la chambre de la vieille femme. C'est Gamin, maladroitement assis près de l'assiette, qui ne nous voit ni ne semble inquiété par le mauvais temps. Résolument figé, il semble guetter le tonnerre et les éclairs ; on dirait un bas-relief gothique. De plus, il y a deux billes jaunes à la place de ses yeux qui scintillent et donnent à tout ce qui nous entoure une sorte de reflet sépia.

C'est donc à ce moment précis qu'entre en jeu ce

jaune envahissant qui, peu à peu, avec les sons et les douleurs au plexus, contribuera à me briser. Et comme toujours, Noémie, tout se passe si vite, et dans un climat de folie et de magie tellement cohérent, que je place ma tête dans le piège sans même le reconnaître.

Puis nous retournons manger, la femme et moi, confiants que les murs de cinquante centimètres d'épaisseur tiendront bien le coup, malgré les siècles qu'ils portent sur leur dos.

En y réfléchissant, aujourd'hui, je me demande bien ce que cette... créature avait besoin d'un plat de civet. Peut-être seulement le grand jeu, jusque dans ses moindres détails, puisque la nourriture ne lui est d'aucun secours, d'aucune aide. À moins que ce ne soit l'ombre qui... Ou le fils, peut-être ?

Après le repas, tandis que j'essuie la vaisselle, qu'elle lave toujours dans une eau graisseuse, je ne suis pas sans constater la faiblesse de ses réserves de nourriture. Je lui offre donc, si j'avais su ! d'aller faire pour elle quelques achats à mes frais, à Blâmont, par exemple. Oui, c'est moi qui suggère Blâmont. Elle refuse d'abord mon offre avec une dignité que je ne lui connaissais pas jusque-là, et avec énergie, il faut le dire. Finalement, après plusieurs minutes de discussion, elle accepte que j'aille en ville, puis elle me remet quelques pauvres francs qui ne suffiront évidemment pas, car la liste est lourde.

Bien sûr, le temps de courir jusqu'à la bleue encore stationnée devant l'église, et je suis mouillé jusqu'aux os. Donc, pas d'objection à descendre en chemin pour pisser un bon coup et vider mon très gros intestin. Ces choses-là se disent-elles, Noémie ? Enfin, tu y verras...

Je chie joyeusement dans un champ aux abords de la route de Blâmont, une route tout juste assez large pour que deux bœufs s'y rencontrent ; la largeur d'une bleue, quoi. Puis je marche sur les fesses et sur les talons, et le tour est joué. En avant donc pour Blâmont.

Tiens ! plus qu'un seul carreau jaune dans la fenêtre panoramique. En réalité, ce carreau n'en est pas vraiment un, il est oblong et va en rétrécissant. C'est un salon vu de biais. Marcoux, un kébéker de la plus belle espèce, regarde la télé avec sa poulette pendant que l'enfant dort. Il caresse bien ses seins, mais laisse quand même les informations endormir le peu qui lui reste de bon sens. Cibouère, bonhomme, mets ton pied dans l'écran, fouette ta masse crânienne, plante ta pitoune, arrache l'antenne communautaire, emmène ton fils dans la campagne du bon-dieu bon. Recommence à zéro, ne serait-ce que pour lui, si tu te crois irrécupérable. Ne te coupe pas du monde, mais ne les laisse plus à la fois dicter tes pensées et sucer la sueur de ton front. Laisse au moins échapper ce cri dans ton ventre qui cherche une sortie viable. Croasse caquette vagis glapis hurl'hurl'hurl'... Bande ! Taïaut, baquet. Je suis suicidaire avec toi, comme disait l'autre, poète. Gnââha !

Finie, pour moi, la vie dite à l'air libre, finis aussi les livres ; celui-là est mon dernier. Je choisis l'isolement, en restant là, à l'écoute, dans l'embrasure de ma nuit tout à fait noire. Je n'attends plus le jour, mais l'heure. L'heure fatidique qui approche à grands pas d'écriture. Mais tu vois, je reste serein ; ceci dit avec rancune.

3

Apprenez donc à purifier le parfait
par l'imparfait

RAYMOND LULLE

Blâmont est une ville aux toits rouges, ce qui n'a rien d'original en ce pays. Il y a une place, une grand-rue, un fou attendrissant de village, comme un clown triste assis dans la foule et bien connu d'elle, de Gaulle, Foch, la Victoire, « le » monument, une petite maison de la presse, deux ou trois grands cafés, une fête annuelle, début octobre, des rivalités de clochers. Pas de quoi fouetter un chat.

Je traverse le canal puis arrive sur la place, tout juste comme la pluie cesse. Coiffeur, café-tabac, épicerie, puis une charcuterie, un... deux vendeurs de légumes. Et la place elle-même, de gravier et d'arbres, de bancs, et bordée d'asphalte. Au fond, devant le canal, un abri cimenté pour les usagers de l'autobus.

Je tourne en rond sur cette place à courir les commerces, puis je reviens vers la bleue, devant le panneau portant le plan de la ville. J'ai les bras pleins. Nous ne sommes pas fortunés, hein Noémie, mais là, j'ai l'air d'un nouveau riche, je sème à tous vents des petits francs hirsutes.

La fenêtre oblongue est à nouveau allumée, Noémie. Noémie ! Je n'aime pas que tu te penches ainsi par-dessus mon épaule, tu le sais. Je m'en fous qu'il y ait vingt fenêtres d'allumées. Il n'y en a qu'une dans ma tête, celle de Marcoux qui regarde le dernier film avec sa Pamela d'amour trouvée dans une boîte de savon, enroulée dans une serviette de bain... Évidemment, ces choses n'arrivent qu'au cinéma ou à des gars du genre Marcoux... Non, Noémie, je ne veux pas me coucher, j'ai décidé de faire le tour du cadran. Je ne me couche pas, je te dis. Quoi ! « Haletante » toi-même, ma rosine brunâtre, mon souffle ne regarde que moi. Va coucher ton long corps élastique et laisse-moi dans l'épais silence d'la nuitte, crotte de bique. Meuh-non, je ne fais pas des vers, c'est un pied de nez rimé.

Bon. Reste là si tu veux, mais laisse-moi revenir paisiblement à ma bleue, les bras chargés du ravitaillement pour la mémé aux chats. Tu sais, autour de moi, on jase, on m'examine, on discute, me juge encore et me condamne toujours, je n'en doute pas. Je n'ai pas la tête du pays, et ça ne pardonne pas. Un peu plus loin, au milieu de la place, quelques boutonneux grattent du pied le gravier de la municipalité, de l'autre côté de la rue, le second marchand de légumes chuchote des choses à sa femme, tout en cachant sa bouche de la main et en me montrant du nez. Je décide donc d'aller vers eux chercher... je ne sais plus quoi.

Écoute-moi bien, Noémie. Je n'ai pas fait deux pas dans cette direction que l'air, tout autour, étrangement, comment dire ? il fait comme changer de couleur. Si-si. Et d'odeur. Comme si on m'avait précipité dans un autre siècle moins aseptisé. Je ralentis donc brusquement la marche en faisant un tour sur moi-même, comme pour reconnaître ma position dans l'espace, et dans le temps. Et c'est en opérant ce mouvement que j'aperçois, tout juste derrière moi, son aura épousant la mienne... ha ! tu peux glousser, Noémie, mais c'est bien comme cela que je perçois la chose, encore aujourd'hui... derrière moi, donc, il y a une enfant, plutôt une adolescente, une jeune fille de seize ans environ, avec une poitrine ferme et dansante, une gorge chaude, sautillante, un buste en gambade, en galipette. Oui, Noémie, cela a de l'importance, car la fascination, pour ne pas dire l'envoûtement qu'elle exerce sur moi ne sera pas sans contribuer à ma perte passée, et ma fin prochaine.

Elle me frôle, elle me touche du bout des seins, comme on serre la main d'une vieille dame. Non, je n'ai pas rêvé, c'est bel et bien comme ça que les choses se sont passées. Seulement, je n'ai pas vu ses yeux, ça je te l'accorde. Car elle porte des lunettes épaisses et teintées de soleil d'ailleurs devenu tiède. Son visage m'impose un drôle de frisson dans le dos. Mais tout ça se fait si rapidement ! Je la regarde aller, les hanches emmaillotées dans une jupe de coton rose, les fesses à la Dürer, les cuisses en vibrato, cheveux fous, chandail blanc. Elle ne se retourne pas, et personne d'autre ne la regarde passer. C'est ça, j'en suis certain maintenant, il n'y avait plus que moi sur cette place. Moi seul. Plus de marchands ni de passants, plus personne d'autre que moi, et elle.

Noémie... Non. Tu ne comprends pas. Toi, c'est la vérité, elle, « l'esprit qui marche », l'ombre qui vibre. Toi, c'est le temps, le non-stop, elle, un refuge éternel, une intensité sans dimension, une interférence intemporelle. C'est elle, la magicienne, la stryge de beauté, la nymphe sacrilège, l'ange rebelle, celle qui fait bouillir le brouillard, la goule aux charmes inflexibles. Le lieu et la raison de mon sort, de mon mauvais sort.

Elle marche devant moi en direction d'un passage

situé entre le premier marchand de légumes et le vendeur de papier peint. Juste comme elle s'engouffre dans le couloir, je la vois qui... qui porte la main derrière sa cuisse... et qui la remonte. C'est ça, qui la remonte jusqu'à la culotte, puis un peu plus haut, où la peau recommence. Ce corps suave et juvénile et comment dire ? jaune ! Délicieusement jaune, et lisse. Chaud, sans doute, comme cette sueur dans mon cou et autour de ma bouche, comme cette buée dans mon cerveau qui... Oui, j'exagère, Noémie, mais c'est pour faire image. Car, revenant lentement à la réalité, je me rends compte que j'en ai perdu un bout. Mais il y a ce froid, tout le long de mon corps, qui m'échauffe, si-si, et m'irrite la peau.

Sur la place, les gens sont là de nouveau ; le marchand et sa femme me dévisagent, comme ahuris, lui sur le bout des pieds, elle les mains sur les hanches, le visage durci. Je n'ai pas oublié cela. Encore aujourd'hui, je ne puis revivre cette scène sans penser à Jean-François Millet. C'est idiot. Eh oui ! Noémie, encore la peinture ; il n'est pas facile de renoncer à ses vieilles folies. Oh ! je sais, je raconte Octobre en romantique*. Je suis de ceux qui n'ont plus la force de mettre de l'ordre dans leurs idées et de juger froidement les événements, qui vivent dans un univers de papier et qui ne savent plus témoigner que de l'esthétique des mouvements populaire. Mais je n'ai pas assez de temps devant moi, et ce n'est d'ailleurs pas le moment de revenir sur mon autre passé ; à quoi me servirait de mettre du sens dans ce qui n'en a justement plus ?

---

* Référence aux événements d'Octobre 1970 : Ottawa décrète la « Loi des mesures de guerre » et l'armée occupe Montréal. (NDÉ)

Noémie... Tu dors ? Bah. Tu t'éveilleras bien dans une heure, une heure et demie tout au plus. Cela me laisse un peu de temps pour réfléchir à ce trou noir dans ma tête, ce trou insoutenable dans la préface de cette aventure incroyable. Car il y a un trou, c'est certain. J'en ai bel et bien manqué un bout.

Aujourd'hui, je pense qu'elle m'est apparue sur la place de Blâmont, qu'elle s'est montrée à moi... disons sur une longueur d'onde visuelle perceptible par moi seulement. L'on dira bien ce que l'on voudra, mais je crois dur comme fer qu'elle m'est apparue. Comment expliquer cela autrement ? Tout concorde et tout débouche sur le magique, y compris cette musique dont j'ai même oubliée de parler.

Tout le long du retour à Harbouey, étrangement, je pense à son visage ovale, à ses pommettes hautes et proéminentes, à son nez fin, à ses cheveux. C'est étrange, on décrit généralement un cheveu par sa couleur, seulement là, les siens n'ont pas vraiment de couleur. C'est un peu comme la pluie qui tombe drue sur Harbouey à mon arrivée. Mais au travers de tout ça, on peut le dire, il y a une espèce de fond jaune... à peine, car le ciel est couvert à perte de vue, chargé de nuages qui devraient normalement être gris et qui ne le sont pas plus que l'homme blanc n'est blanc. En vérité, je ne m'explique pas ce fond jaunâtre qui... enfin, ce voile qui bouche entièrement le ciel.

Je dois devenir xantophobe. À moins que je ne sois devenu ce qu'il est convenu d'appeler un jaune.

C'est en arrivant à Harbouey, sous un océan de pluie pire qu'à mon départ, que je remarque, pour la première fois, la maison de la mère aux chats. On dirait une construction d'un autre temps. C'est la seule habitation du village qui ne soit pas coiffée d'une antenne de télévision. Il n'y a pas de doute non plus qu'elle soit croche, penchant vers l'ouest et vers l'église. Ses deux fenêtres, l'une plutôt grande et l'autre petite, l'une large et l'autre haute, et ses deux portes du même acabit, l'une donnant dans la maison et l'autre dans la remise, ne la rendent que plus austère. Légèrement encavée, elle semble prête à bondir sur le premier passant venu. On la dirait propice à la nuit et indifférente au jour.

Devant la maison de la vieille femme donc, je trouve le chien, que je n'avais pas encore vu mais souvent entendu, attaché à la porte de la remise ; il jappe et tire sur sa chaîne. J'entre quand même les paquets dans la maison, mais la femme n'y est pas. Elle a laissé sur le poêle les restes du civet et sur la table une quiche lorraine. Mais je n'ai pas faim.

Je suis trempé et je frissonne, mais je sors quand même par devant dans l'espoir de voir la femme arriver : personne, sinon le chien qui aboie férocement. Moi qui crains les chiens comme le cancer ou les accidents de la route, je m'approche et passe la main sous sa gueule, puis le détache. Je décide de l'amener du côté du verger et du jardin. Mais bientôt la chaîne m'échappe des mains et le chien se met à gambader et à sauter dans les choux et sous les deux pommiers morts. Cela dure plusieurs longues minutes, toujours sous la pluie battante, jusqu'à ce que, les pieds mouillés jusqu'aux mollets, je décide de rentrer. Alors il revient avec moi, ne jappant plus mais lyrant fortement ; il ne veut pas rentrer, il geint. Je dois le tenir solidement, car il tente sans cesse de s'échapper. Il ne cherche pas spécialement à retourner du côté du verger, il veut seulement déguerpir. Je le crois pourtant bien nourri. Serait-il jaloux des chats ? Mais où sont-ils donc ceux-là ? Ils n'étaient pas à la maison il y a quelque minutes.

De l'autre côté de la rue, le fils du tueur de chat me regarde passer avec, dans sa face boutonneuse, un sourire pas du tout poli. Mange-le, Rin-tin-tin, arrache-lui ses deux petites gosses d'onaniste, qu'il se les cherche. Va. Avale, qu'il chante soprano. On va le mettre dans le chœur des vierges... Le p'tit gars à bretelles saute par la fenêtre en vitesse avant que le chien méchant ne l'équeute. Ha-ha. Je n'ai pas ri beaucoup depuis deux jours. Mais ha-ha moi-même, le chien en a profité pour s'échapper. Il court vers l'autre bout du village. Le voilà libre, du moins le croit-il.

Je dois être dehors devant la porte depuis déjà une bonne quinzaine de minutes, la chaîne entre les mains. J'éternue sans arrêt, je frissonne de plus en plus. Je grelotte. Ma tête est comme une marmite à qui on demande un effort de guerre. Mon nez rouspète.

Mais... Pourquoi portait-elle des verres fumés par un temps pareil ? C'est cela qui me trotte dans la tête depuis mon départ de Blâmont. Pourquoi les verres ?

Aujourd'hui, alors que je partage avec elle, son valet malformé et Noémie ce diabolique secret, je vois bien, si je peux m'exprimer ainsi, qu'il ne m'aurait jamais été possible d'anticiper un pareil hiatus dans l'histoire de l'humanité. Et cela n'est pas pour me rassurer.

Il a momentanément cessé de pleuvoir. Le soleil perce même hardiment entre les nuages, un soleil rond et plus jaune que jamais, un soleil bordé de gris et traversé en son centre par une magnifique tache blanche comme neige et translucide comme glace. Un soleil éblouissant, mais dont la chaleur froide n'atteint pas la peau sous les pelures humides. Ce soleil qui, chaque nuit, retourne s'alimenter au royaume des morts pour revenir incessamment repousser le temps dans ses retranchements. Qui initie la lumière au royaume de la terre et mesure toutes choses. Qui limite l'espace en le sortant du noir. Qui roule vers l'obscur et l'étrange en les écrasant sans les reconnaître. Qui féconde et anéantit. Qui s'offre au reflet, plein ou vide. Qui brûle sa forme. Qui vit au-delà des dessins d'enfants. Qui porte un oiseau noir.

Car il y a un oiseau aux ailes lisses, au bec crochu et aux serres puissantes qui vole devant la maison à moins de cinq mètres du sol. Il cherche ses semblables, et sa montagne, et sa sagesse, et son nid. Il y a un aigle perdu qui vole au-dessus de moi. Ses ailes clapotent dans le silence lourd et dans l'humidité.

Tel un ange noir sorti d'entre les nuages, il fixe le soleil, puis en suit la trajectoire pour bientôt s'y jeter tête première jusqu'à se confondre avec lui. Aussitôt la foudre et le tonnerre craquent entre les éclairs. Le messager noir disparaît derrière de lourds présages de tempête. Je fais, du ventre, les premiers pas d'une danse de la pluie en regardant le soleil droit dans sa tache blanche. L'aigle y a brûlé ses ailes, la pluie lui redonnera sa jeunesse.

Soudain un cri rauque, étranglé, surgit dans ce désert civilisé qu'est Harbouey. La vieille femme aux chats, qui a vu l'aigle égaré piquer en vrille derrière la maison, s'alarme à la pensée que ses chats s'y frottent. Elle se lance dans la maison comme une mère dans la chambre de l'enfant tombé en bas du berceau.

Dans la cuisine, assise sur le bout des fesses, la femme, déjà plus calme, moud le café à l'aide d'un moulin qui a bien cent ans. Elle me reproche ma négligence en m'intimant, d'une voix que je ne lui connaissais pas, de me débarrasser de mes vêtements. « Il y a de vieilles choses que vous pouvez porter, là, dans la chambre ; ce sont les vêtements de travail de mon fils. Il les met le dimanche quand il vient travailler dans le jardin. »

Oui, c'est bien comme ça que je l'imaginais, sentent la terre et la sueur. J'ai l'air ridicule dans ces vêtements, aussi je m'assois plutôt que de rester debout.

Sur le vieux meuble de la cuisine, juste à côté de moi, le calendrier de Saint-Paul 1968. Cela me rappelle la petite statue brune de sainte Anne sur la devanture supérieure de la maison. Et c'est alors que je tiens le petit livre dans les mains, et que je le feuillette et le manipule négligemment, que je découvre ces petites taches jaunettes sur mes doigts. Il y en a déjà quelques-unes qui s'émiettent sur ma ligne de vie. Voilà donc que je commence de voir la vie en jaune.

Un autre carreau qui s'éteint, à moins qu'il ne s'allume... La nuit écrase tout sur son passage.

4

Le rêve est un tunnel qui passe sous la réalité.
C'est un égout d'eau claire, mais c'est un égout.

PIERRE REVERDY

Tu sais, Noémie... Noémie, tes yeux sont fermés, sans doute sur ce rêve harassant qui nous hante depuis mon retour. Mes fantômes nous accablent maintenant tous deux puisque tu as convenu de partager mon déchirement.

Toujours ce même carreau jaune dans la fenêtre, et Noémie sur le divan qui s'ébroue, marmonne et s'agite en refaisant ce rêve étrange qui vint d'abord m'assaillir aux premières heures du retour près d'elle, dans le HLM grisonnant.

Je croyais alors tout à fait terminée cette aventure incroyable, à laquelle d'ailleurs personne ne voulut donner foi. Je me croyais à l'abri, soit en raison de la distance qui me séparait de la magicienne, comme je te l'ai déjà dit, ou plus simplement parce que je croyais qu'elle était arrivée à ses fins. Mais tel n'était pas le cas, car elle veut encore me tuer. Pourquoi ? N'a-t-elle pas ce qu'elle voulait ? Et pourquoi moi ? Ne suis-je pas assez puni de lui avoir tant soit peu tenu tête, d'avoir douté d'elle, de ses pouvoirs magiques et de ses origines moyenâgeuses ? Si, ses origines moyenâgeuses.

Ce rêve, que Noémie fait pour la centième fois peut-être, je ne veux plus le refaire ; la perspective d'en connaître la fin me terrifie.

Noémie rêve que nous sommes tous deux aux prises avec... comment dire ? la connaissance. Le Grand Œuvre. La pierre philosophale. Une encyclopédie dodécabucale qui chasse inlassablement ceux qui en savent plus qu'elle sur la vie comme sur la mort. Depuis mon retour, ce rêve, comme les événements d'Harbouey et ceux qui les provoquèrent, soit la magicienne et son gnome fou fils de la mamiche aux chats*, font maintenant partie intégrante de ma vie quotidienne. Et de celle de Noémie. Surtout depuis que nous tenons de la bouche même du fils fou à l'esprit faible, dit Pierot-de-peu-de-sens, que la magicienne ne compte épargner personne. Noémie et moi y compris. En fait, et pour dire la vérité, il n'y a que Noémie et moi.

Dans son rêve, Noémie me porte, inanimé, atteint au corps comme au cerveau par un tome N-PQ plein de rage et de mépris. Le tout ayant ma salle de travail comme lieu de poursuite. Enfouis sous le calorifère, près de la patte arrière gauche de la table de travail, nous prenons un peu de répit. Au moment où je reviens à la réalité du rêve, tout juste comme je relève les paupières, trois tomes nous repèrent et amorcent l'encerclement. Nous grimpons donc le long du calorifère, moi devant, jusqu'à la table. La lampe est allumée. Là,

---

* ... la mamiche aux chats : la grand-mère aux chats. Patois lorrain. (NDÉ)

assis sur le bout des fesses, un double de moi-même écrit avec acharnement, le regard littéralement perdu, une histoire en tout point semblable à la mienne. Il suffoque d'anxiété à l'idée d'en finir. Le double peine à l'ouvrage et ne nous voit pas, ni l'agitation subite de sa grammaire, de son tome N-PQ et de son dictionnaire de synonymes.

Mais quelle folie les soutient donc tous* ? Où est le sens de cette vendetta sabbatique ? Le double, qui seul sans doute peut nous sauver, du moins temporairement et uniquement dans les limites du rêve, le moi, donc, ne nous voit pas, Noémie et moi, longeant le mur isabelle devant lui, ni la route brusquement coupée par un Grévisse vieilli, pâlot, mais précis dans ses gestes violents. Puis une prompte bifurcation nous pousse sous la chaleur électrique de la lampe de table orangée. À gauche, N-PQ soulève son couvercle menaçant ; derrière, Grevisse. À droite, le synonymique avance lentement doucement piano, lambinard traînard engourdi nonchalant. Puis une brèche se crée lorsque, toujours ignorant de ce qui se passe autour de lui, le double saisit N-PQ la gueule ouverte ; mais... trop tard. Grevisse m'attrape par le bras et me suce d'un seul *slursch*.

Noémie crie et s'éveille en larmes ; je n'aurai eu le temps que de lire :

« 248. Les pronoms *démonstratifs* désignent, sans les nommer, les êtres que l'on montre, ou dont on va parler, ou dont on vient de parler :

Prenez *ceci*. – *Cela* étonne, un si grand édifice.

---

* Phrase malhabilement raturée puis replacée dans le texte par un immense cercle rouge. (NDÉ)

Voilà deux beaux livres, mais je préfère *celui-ci* à *celui-là*.* »

Viens, Noémie, ne pense plus à ce rêve. Tu sais bien que le double intervient toujours au dernier moment pour éviter le pire. Pas cette fois, c'est entendu ; il est de plus en plus dominé, lui aussi. Et puis, qui nous dit que je ne serais pas mieux, finalement, dans le Grand Ouvrage ? Non, ne t'affole pas, tant que je rédige, c'est que je suis encore en vie. J'écris de toi, Noémie, comme on se nourrit de quelque chose. Toi mon ange conservateur, viens que j'extermine la poussière de tes yeux, et puisses-tu me le rendre un jour.

Il faut avoir vécu ce que j'ai vécu pour écrire ainsi, l'esprit braqué sur la nuit froide. J'ai perdu de précieuses minutes à imaginer des combinaisons de carreaux jaunes dans la fenêtre panoramique. Je t'entends ronfler, Noémie. Si-si, ronfler. D'ailleurs, Noémie... Noémie, ce rêve encore ? L'encyclopédie !

Nous voilà pris en chasse sous la table, sous les chaises et dans le meuble de rangement. Dans le meuble ! Mais tu es folle de nous coincer dans cette impasse ; nous ne sommes pas en nombre suffisant, toi et moi, pour former un cercle de défense. Et puis, je n'ai plus la force de combattre, ni le désir. Attention, Noémie, cachons-nous derrière la grosse boîte de crayons. Ils passent en formation de vol. Il y a des taches rectangulaires rouges, des taches encyclo-

---

* Après comparaison avec la lettre de Noémie qui suit ce récit, il s'avère que cette citation de Grevisse est de la main de Noémie ; d'ailleurs l'écriture est moins tremblée et mieux jointoyée que dans le reste du manuscrit. (NDÉ)

pédiques, qui fouettent l'air du plafond isabelle. On dirait un Mondrian ou un Kandinsky, tous deux morts l'année de ma naissance. Ou un Vasarely.

Chuuut... Fais-toi petite et silencieuse, Noémie. Ils nous ont vus. Accroche tes jambes fines à ton cou modiglianien et suis-moi, on redescend. Ahhh ! Cette fois, c'est la fin. Nous voilà cernés. Les goinfres fous, les gelés dur de la tête, les saccageurs au mauvais œil nous auront eus à l'odeur. Attention, ils mordent tous. Saute avec moi. Fin pour fin, je choisis le précipice, Noémie... Noémie, réveille-toi, c'est fini, là, pose ta tête.

Je sais ce que tu ressens, car j'en suis au même point dans mes propres rêves. Mais cette nuit je ne dormirai pas. Je veux occulter ce mal qui me ronge en refaisant point par point le trajet de cette aventure. Je ne reconnaîtrai donc pas la fin de mon double. À moins que... Noémie, pour en avoir le cœur net, il n'y a qu'un seul moyen, il faut que tu reprennes ce rêve un peu plus tard. Je sais que tu en souffriras, mais c'est pour ton bien mon enfant, et pour mon propre déséquilibre.

Dors, Noémie, dors. Tu me dois un rêve, ne l'oublie pas. Quant à moi, je me dois la vérité, du moins dans la mesure du possible, car je n'en sais pas autant qu'on le suppose autour de moi. Ce qui rend d'autant plus pénible la rédaction de cette aventure. En fait, je ne suis pas absolument certain de tout ce que j'écris et décris. Il y a sans doute un écart entre mon récit et la réalité, un écart produit par le piège de l'écriture autant que par mes refoulements, qu'ils soient conscients ou inconscients, mes torpeurs, mes obsessions. Et puis il y a le fait que je doive avancer rapidement dans ce récit afin d'en finir avant le lever du soleil. Et cela, sans même me relire. La cohérence doit certainement en souffrir, mais cela n'a que peut d'importance, tu y verras pour moi Noémie.

5

L'air est si doux qu'il empêche de mourir.

GUSTAVE FLAUBERT

Harbouey est sans vie. Personne, comme au bon vieux temps ne s'assoit plus devant la maison sur des chaises de cuisine, plus personne ne va d'une porte à l'autre saluant chacun, s'enquérant des sueurs de la journée, des enfants vivant à la ville ou racontant quelque histoire du village voisin. Le soir, comme le reste de l'Occident, Harbouey s'avachit devant la télé. Les plus petits patelins et les plus éloignés des grands centres sont envahis, comme ces derniers, par les bienfaits des médias ; autant donc se faire tout de suite aux petits hameaux surmontés d'antennes de télé.

Assis seuls, dehors, sur un banc de pierre sans dossier, nous suivions les jeux des chats qui sont tous revenus pendant que nous mangions, sans que cela semble étonner ma vieille hôtesse. Je suis pris d'un mal de tête, cela pousse sur mes tempes comme si l'éléphant du grenier cherchait à sortir en douce, ou plutôt en force. J'ai un peu de fièvre, et le nez plein.

Elle me demande d'où je suis ; je tente péniblement de le lui expliquer, mais plus j'avance dans la réponse, plus je sens que je tombe dans l'abstrait. Elle aussi d'ailleurs. Elle préférerait sans doute des noms de capitales, de fleuves, de ports, de premiers ministres, de cardinaux, de sites touristiques. Mais je n'ai pas la tête à ça. Je suis seulement accablé, accablé en général. Pas vraiment par les taches jaunes qui se multiplient sur mon corps, ni par cette impuissance à quitter les lieux. J'attends seulement que quelque chose arrive, quelque chose que je ne connais pas mais que je reconnaîtrai bien. Je suis envahi par ce sentiment de fatalité qui préside aux grands tourments.

Harbouey est détrempée, le fond de l'air est humide. D'ailleurs, mes mots ne se projettent pas. On ne m'entend pas. Le vent est lourd et les chats s'agitent, Gamin en tête qui ne cesse de me fixer.

Sur le violon qu'elle a sorti du fond de son musée et que j'ai eu tant de peine à accorder, je fais des notes, à la manière d'un guitariste. Cela fait remonter à la surface des soirées mémorables, de ces veillées qu'impose le climat des campagnes. Repliés sur des arpents de neige, nous laissions dominer la musique ; le pied agile, la main leste, le verre aussitôt vide, aussitôt plein, nous prolongions la nuit dans les chaleurs soupirantes de la danse. Tantôt morts de fatigue, tantôt vivifiés par elle, nous mimions, la musique y menant, la gestuelle des ancêtres.

Mais alors même que j'essaie de sortir quelque chose de l'instrument, quelque chose qui, autant que possible, entretienne un rapport de parenté avec la musique, il y a Gamin qui me saute soudainement sur le bras et me fait tout échapper, l'archet et le violon. Aussitôt, il y en a plusieurs autres qui me submergent et m'empêchent complètement de bouger. Et la vieille femme qui est là, et qui ne fait pas le moindre geste pour me dégager. Gamin lèche ma main gauche, celle dont les points jaunes se sont le plus considérablement multipliés. Physiquement, cela ne fait ni bien ni mal ;

en toute franchise, je ne sens rien. Toutefois, j'apprécierais bien son aide... elle que je ne vois déjà plus. Déjà, car tout disparaît lentement devant moi, elle d'abord, le village ensuite, ne laissant que les chats à ma vue, que les yeux de chats à ma vue, des yeux jaunes. Et puis il y a cette musique qui m'infeste et me remplit la tête. Les yeux me piquent, Noémie, mais, par chance, cela dure sans durer. Car le temps, soit-il imprécis, n'amplifie ni m'amoindrit ces maux. Comprends-moi bien, cela n'a rien à voir avec un *trip* ou avec l'hypnose. On dirait plutôt une perte soudaine du sens de la réalité, une aphasie articulée, une apraxie, une agnosie, une amnésie de fixation, de conservation, dirais-tu, la perte du seul sens, celui du cosmos.

Il n'en reste pas moins que cela dura certainement, car à mon réveil, la femme n'y est plus ; également, il n'y a plus de lumière aux fenêtres voisines. Plus signe de vie, non plus de chats.

Je suis là dans la cuisine, accoudé au chambranle de la porte de chambre ; elle ne peut pas ne pas avoir remarqué l'incident des chats... si, bien sûr, et j'ai autant de raisons d'y croire que d'en douter, la chose s'est déroulée comme je le pense. Je n'ose pas la réveiller, et pourtant, je le devrais. Mais, encore une fois, je n'en ai pas la force, ni vraiment le désir. Si j'allais apprendre quelque chose par elle, quelque chose d'intolérable. Il y a sans doute une explication à tout cela, fût-elle magique, à défaut d'être scientifique. Et c'est cette explication qui me fait peur. Il y a un fait troublant quelque part, et même une série de faits ; est-ce produit à l'intérieur ou à l'extérieur de mon cerveau ? Est-ce produit par ou contre lui ? L'un n'excluant sans doute pas l'autre, évidemment.

Je suis à ce point troublé par ces pensées que, voulant réintégrer la chambre du fils cultivateur de patates, le larron servile, je bute contre deux ou trois bols de chats, ce qui n'est pas sans produire une désastreuse cacophonie. Évidemment, la femme se lève. « C'est vous, l'Alsacien d'Amérique ? » Bien sûr, « chère madame », que c'est moi, qui d'autre peut-elle bien attendre à cette heure ? « Je croyais que c'était mon fils, il lui arrive de venir, comme ça, à l'improviste. »

Puis elle m'en parle de ce fils, le Pierot-de-peu-de-sens, avec des phrases pleines de mais ; il semble d'ailleurs que sa vie soit pleine de mais, tandis que la sienne, pauvre femme, a l'air de manquer complètement d'imprévu. Tu vois, Noémie, Harbouey m'a à tel point trompé sur toute la ligne que d'aucuns qualifieraient, et à juste titre, la chose de trahison. « Dites-moi, chère madame, tout à l'heure, dehors, euh...

— Oui, je sais ce que vous allez me demander.

— Alors je n'ai pas rêvé ça ?

— Tout dépend de ce que vous appelez « ça » ; il y a une part de réalité, une part de chimère.

— Mais...

— Nous reparlerons de tout cela demain, ils pourraient nous entendre.

— Qui ça, ils ? »

Je n'ai pas eu de réponse à mes questions. Elle les a toute repoussées d'un froid revers de silence tandis qu'elle retournait dans la chambre. Sauf, oui, sauf pour émettre quelques syllabes que je distinguai mal et qu'elle ne voulut pas répéter. « Elle agirait », ou « elle s'agiterait. » Ou peut-être, mais je dis cela avec le recul : « elle les agiterait ».

J'ai mis du temps à comprendre les rapports liant la pauvre vieille à la magicienne. Aujourd'hui je sais qu'elle en était l'instrument. Mais aussi, et surtout, la victime. Un objet de persécution longtemps tenu dans l'épouvante ; terrorisée dans son corps et dans son esprit, comme moi, mais surtout par le rôle que la magicienne faisait jouer à son fils contre le monde, et contre elle-même.

Il y a maintenant près d'une heure que je suis couché, si je compte encore bien le temps. Et je suis encore tout retourné, non pas tellement par l'événement des chats dont je ne perçois guère la dimension réelle, mais par les mots de la vieille femme, ses mots énigmatiques, froids, insidieux. Depuis quelques minutes, je soupçonne tout le monde et toutes les bêtes de tous les maux de la terre, y compris moi-même. « Une part de réalité, une part de chimère », a-t-elle dit.

Je devrais quitter Harbouey au plus tôt, c'est ça, je dois m'en aller. N'ayons pas peur des mots, je fuis. Au diable la politesse et les beaux sentiments, je ne me suis jamais prétendu brave, après tout. Et puis, il y a Noémie, à l'autre bout du voyage, elle doit tant s'inquiéter, ma féline. C'est décidé, je pars.

Je n'ai besoin que d'un instant pour réenfiler mes vêtements encore humides. Puis, guidé par une double exigence de politesse et de sécurité, je traverse la cuisine sur la pointe des pieds. La porte craque, mais ce n'est plus grave, elle n'aura pas le temps de me rejoindre. La seconde porte grince encore plus, je n'y prête même pas attention. Je file en grande, je cours. Je gambade sautille bondis saute pirouette, mais... Là, sur le capot de la bleue, c'est Gamin, avec ses satanés yeux verts sur fond jaune.

Et c'est à partir d'ici, Noémie, que l'histoire se

précipite, et qu'elle me précipite moi-même dans l'embut de la sorcellerie.

J'ai toujours de la difficulté à faire pénétrer cette clé dans la fente, ce soir, comme d'habitude ; je tâtonne un moment, puis secoue, brusque, violente la poignée. La porte s'ouvre enfin.

Je suis assis dans la bleue. Gamin n'a pas bougé, il me fixe à travers le pare-brise. J'appuie à fond sur l'accélarateur en tournant la clé. Çra vrombrit, rugrit et trintramarre partout dans Harbouey-la-silenchieuse. Cela me gêne de briser ainsi ce silence lourd et nuageux. Et le vacarme qui n'en finit pas ! Et moi qui n'avance pas. Gamin, toujours dans le pare-brise, Gamin... j'ai les bras figés, le pied engourdi ; toutefois, et cela pour la première fois, je sens en moi une certaine force. Oh ! une force bien faible, mais qui lutte. Voilà qui est nouveau.

Aujourd'hui, je sais que je suis vaincu ; hier, je ne savais même pas qu'il y avait combat. Et plus je le comprends, et plus je sens une certaine douleur m'envahir à la hauteur du plexus, cela martèle aussi sous mon occiput. Et cette musique soudainement syncopée ! Oui, voilà cette sonorité de l'espace, du cosmos, qui s'organise un peu plus dans l'oreille. Cele devient presque un son déchiffrable. Oui, c'est ça : on dirait un long, un très pénible « nooooon ». Une gigantesque et profonde négation.

NON.*

Tout à coup, il me semble que des sons se mêlent à la surface. Un aboiement vient en effet me sortir de la torpeur. Je constate alors que Gamin n'est plus sur le

---

* ...En très gros caractères dans le manuscrit. (NDÉ)

capot de la bleue. Plus loin, à droite, traînant sa vieille chaîne rouillée, courant dans tous les sens et hurlant de terreur, le chien de la vieille femme tente désespérément d'échapper à une meute de chats griffeurs. Il y en a au moins une bonne quarantaine entre les tas de fumier et les cordes de bois. À gauche, quelques personnes sorties de leurs maisons en pyjama ou en jaquette regardent la scène, horrifiés. Seule, un peu plus loin, la vieille femme aux cheveux défaits regarde intensément le sol devant ses pieds ; emmaillotée dans un châle noir, comme ça, de loin, elle a l'air d'une drôle de morte en sursis, Noémie, d'une revenante en instance de repartir. Elle me glace.

Je voudrais quitter cette commune sur le bout des pieds, mais la bleue a des fers aux pieds et court sur la tôle. Harbouey est propice à l'écho.

Devant moi, mes hautes jaunes balayent long de route et un peu des champs. Quelque gouttes viennent ricocher contre le pare-brise. L'orage approche, et je file à vive allure. Les yeux me piquent, Noémie. Noémie, tu dors ? Tu rêves ? L'encyclopédie ? Ah ! non.

Moi ! Moi comment ? Écrivant. Mais tu ne rêves pas, Noémie, j'écris. À un enfant, dis-tu, à un fœtus. Sans blague.

C'est le double qui écrit, qui peine, qui sue. Mais à quel enfant écrit-il ? Quoi ! À l'enfant que tu portes. Un enfant de moi ? Du double. Mais le double et moi c'est la même chose. Noémie, ne sois pas dupe.

Un enfant. Et tu ne le disais pas. Tu es inconséquente, je dois tout t'arracher durant ton sommeil. Et qu'écrit-il, le double, à mon... enfin, à son enfant ?

Je ne sais pas si c'est parce que tu habites ma

Noémie, mais ta présence me met hors de moi. C'est pourtant bien moi qui ai jeté les dés, je te l'accorde. Tu diras que je me mêle de toi qui ne me regarde pas, mais souviens-toi plutôt du temps à venir où tous les trois, Noémie, toi et moi, nous mordrons la vie et insulterons la mort. Souviens-toi, nous serons des surhommes pleins de *guns*, les maîtres ensoleillés des ténèbres, vindicatifs obsédants filous scélérats sorciers. Toi tu seras zygote, souviens-toi, moi je serai le repoussant rêve de moi-même, celui qui, tapi dans l'ombre, me dit qui je suis sans jamais montrer son vrai visage. Fais-moi un plaisir, ami fœtus, fais-moi une fille à Noémie, qu'elle partage son mal avec un être affectueux. Mais comment te faire part de mon désir ? Comment m'adresser à toi ? Je ne connais vraiment ni ton sexe, ni ta couleur, ni même ta vie. Es-tu seulement en vie ? Kohoutek, ma cocotte, insinue-toi dans la madame beige et dis-moi qui est à l'intérieur. Ma route vers toi est une longue promenade dans le cosmos. Aussi je m'immisce soigneusement dans l'étroite chaleur qui mène vers toi, je me grise peu à peu du voyage. Je gonfle de plaisir... Et Noémie, la Noémie rajeunissante de ses dix-huit ans, inconsciente de son plaisir, me taquine un peu la perche. J'aime le son du corps quand il pénètre dans ton corps. Et je constate, non sans un certain plaisir, que tu t'accommodes du père que je suis et de notre Noémie adolescentée. La Noémie des premiers boutons, des premiers seins. Plus tard, tandis que tu vieillis toujours, la Noémie de ses huit ans trouve en toi la copine tant désirée mais jamais consommée. Je vous tiens toutes les deux par la main, je vous promène sur un boulevard étroit bordé de barbelés, à l'abri des regards qui touchent. Je vous confonds, fœtus ou Noémie.

Hum... Noémie, réveille-toi, je veux savoir. Noémie... Noémie.

Noémie s'éveille avec un mal de ventre lancinant, elle se surprend de sa nudité. Le *wild bunch* est passé par ici, Noémie, les gars t'ont écartelée. Que dis-tu ? Tu es ingrate, Noémie, crois-tu que j'allais te baiser à ciel ouvert, supportant ton regard sans jamais le voir ? Ainsi, ma cécité te glace. Et moi donc, crois-tu qu'elle ne me fasse pas peur ?

Tu as mal au ventre. Mais n'as-tu pas de pillule pour ce genre de mal ? Oui, je sais, nous étions convenus de limiter les médicaments, mais je ne veux pas non plus te savoir aux prises avec la souffrance. Où est-elle cette douleur ? C'est là, où tes muscles se durcissent ? Et ça, ça te fait du bien ? Je flatte ton mal, je l'amadoue. Là... Il te laisse, rendors-toi.

Je suis dans la bleue, Noémie, mais je te caresse toujours. Je file sans savoir que Blâmont est au bout de cette route et que c'est là que je dois aboutir. Les yeux me piquent de plus en plus, et ma vue baisse. D'une courbe à l'autre, je me laisse volontairement déporter. Je n'y vois plus beaucoup, mais j'accélère toujours. Et le vent et la pluie fouettent violemment le pare-brise.

Je combats, comme hier. Je sais que je combats, sans toutefois savoir qui je combats. Pour me donner un peu de contenance, j'arrête souvent dans les lignes droites afin de laisser la pluie me pénétrer. Peu à peu, la musique et les maux au plexus réapparaissent. Je me plante les pieds dans des flaques d'eau et laisse à nouveau la pluie couler dans mon chandail de super-héros. Puis le tonnerre se met de la partie. Un coup, un second, puis plusieurs autres. Le ciel se déchire en insultant la terre, en injuriant le soleil.

Il n'y a personne sur la place de Blâmont, seulement des bancs vides isolés dans le noir. La bleue est stationnée devant le plan de la ville. Je n'attends rien, je suis là. Visiblement, je viens de perdre une autre manche.

Ma vue a considérablement diminué, les yeux me piquent encore. Et cette musique qui reprend, dans un nouveau ralenti quelque peu différent, plus chuchotant, plus châtoyant. Toutefois, je n'ai plus cette douleur au plexus. Car je ne combats plus.

Je ne me souviens pas d'avoir quitté la voiture ni d'avoir emprunté ce passage, d'avoir traversé cette cour intérieure. Ni de m'être engagé dans cet escalier. Cet escalier qui tourne sur lui-même et s'infiltre dans l'espace vertical. Je pousse une porte déjà entrouverte. C'est là que la musique devient subitement douleur. Je crie sans doute et tombe à genoux sur le sol, froudroyé. Cet état transitoire est aussitôt suivi d'une sorte de plénitude, comment dire ? accaparante, voire accablante.

Soit, je distingue mal les choses tout autour, car mes sens ne répondent plus très bien, mais je peux dire avec certitude que je suis dans une espèce d'atelier où se mêlent des appareils divers et quelques chats empaillés. Au mur, près de la fenêtre, il y a ma photo. Oui, l'agrandissement d'une photo de moi sur la place de Blâmont. Et, pointée sur elle, presque plantée, une sorte de sonde branchée à un appareil... un appareil.

Le reste m'échappe. Je ne me souviens de rien d'autre. Ah si, peut-être un détail, quelques mots marmonnés : « les sons... les sons ». Et une présence, celle du fils, le Pierot-de-peu-de-sens qui rit trop fort pour son plaisir, qui arrache des morceaux de peau au silence. Et tout à coup, cela me revient comme une image sonore, c'est lui qui, dans le petit passage menant à la cour intérieure, dans cette ruelle privée et sans lumière, me saisissant par les aisselles, m'amena de force dans l'antre de la sorcière. C'est lui, avec ce rire hallucinant, bruyant.

Et justement, alors que je cherche un sens à ce décor d'un autre temps, les sons se remettent de la partie, et je perds connaissance. Je ne peux pas en dire plus, sinon que la main de la jagne bècelle ervenante* se posa sur mon thorax et que la douleur l'emporta sur sa douceur froide.

Vois dans mon cerveau, Noémie, c'est tout noir autour des images. Noémie. C'est la couleur du vide.

---

* ...la jagne bècelle ervenante : la jeune fille attirante. Patois lorrain. (NDÉ)

6

De omni re scibili, et quibusdam aliis.
(De toutes les choses que l'on peut savoir, et même de plusieurs autres.)

PIC DE LA MIRANDOLE

À mon réveil, car je viens de suffisamment loin à l'intérieur de moi-même pour parler de réveil, je me trouve assis dans la bleue, bien carré. J'ai encore des flashes d'appareils complexes, scientifiques, voire magiques. À vrai dire, ce sont plutôt des impressions que des images précises. Par contre, j'ai encore quelques signes d'irritations à l'intérieur des oreilles et un restant de douleur entre les côtes.

Aujourd'hui, je sais que je suis réellement allé dans cette maison, mais là, assis dans la bleue, comme le soleil pointe à l'est de Blâmont, comme à l'est du monde, je n'en suis pas vraiment certain. De plus, je n'ai nullement la force de lutter. Il faut comprendre que les choses sont assez enchevêtrées dans ma tête, et que personne ne peut m'aider.

Vaincu, vaincu et conscient, je retourne à Harbouey.

Sur cette sempiternelle route qui mène à Harbouey, j'ai mis la radio ; je roule à bonne allure, écoutant Muddy Waters chanter « What is that she got ». J'entends à peine le bruit du moteur. On dirait un Corot adapté pour le cinéma par Dennis Hopper. Mais bientôt je dois ouvrir la fenêtre et briser le charme, car j'ai besoin de respirer à fond. J'ai les intestins tout entortillés autour du cou, je ne sais pas par quel bout ça va sortir.

Toutes fenêtres ouvertes, la tête passée hors du châssis, je prends l'air fouettant du matin. Tiens, ma vue est revenue à la normale, car je distingue bien trois types là-bas, sur le bord de la route, qui se chamaillent près du sous-bois. Et cette tarte à l'oignon qui cherche à s'en sortir par la première issue venue. Je n'en peux plus, il faut que je m'arrête. Je stationne donc la bleue près des trois voix enjouées, alcoolisées, il faut bien le dire, exactement dans le faisceau de lumière solaire qui perce entre les arbres. Sans même saluer les trois gars, je m'éjecte de la bleue et me lance dans le sous-bois, tête en avant. Voilà la tarte à l'oignon d'hier soir, et le reste du civet.

Derrière, les trois voix se sont tues, seule la bleue ronfle doucement, à la manière de Noémie. Tout ce qui sort de moi me fait un bien immense, plus encore qu'à l'entrée. Il y a des maux qui font du bien, comme ça. Puis tout à coup, sans prévenir, voilà la bleue qui se met à rugir et à ruer dans les brancards. Mais les trois types connaissent le Far West à fond ainsi que les bagnoles sauvages, en deux coups d'éperons, la bleue file doux. Et je reste là, près de la route, le visage pâle et assez faible, un peu de merde entre les fesses que j'essuie avec ce que j'espère ne pas être de l'herbe à puces.

Au loin, la bleue s'en va vers Harbouey, dont je vois d'ailleurs l'église qui sert d'iceberg, et vice versa. Ah ! et puis je m'en crisse après tout. Je n'ai qu'à marcher à petits pas lents le long de la route menue jusqu'à Harbouey. Ah ! Si j'avais les ailes d'un ange... Alors je marche, le long des arbres, pour me gratter le dos, je marche. Le temps de me planter le nez dans quelques flaques de boue, et je marche. Je me sauce la langue dans quelques rigoles naturelles, et je marche encore. Je marche jusqu'aux pommiers. Puis ce sont les premières maisons et... et là, devant l'église, là... la bleue. Et dedans, les trois types, dont deux renversés sur leur siège et l'autre étendu sur les boîtes. Je me chuchote d'abord une stratégie, puis décide de longer les murs, je cours penché à travers la rue, comme Gary Cooper dans *Le train sifflera trois fois*, me plaque le dos à la bleue et reprends enfin un peu mon souffle.

Tout cela fait un peu trop western, je m'en rends compte, alors je me mets debout, raidissant les muscles, et j'ouvre la portière de la bleue. Non, je n'ai pas le temps d'ouvrir. Là, devant mes yeux, les trois types, griffés, déchiquetés. L'horreur sur leur visage ! Et les yeux... Noémie, réveille-toi, je vais être malade, aide-moi. Hé, tu ronfles ou tu joues de la bombarde ? Tu crois peut-être que ça me conforte de t'entendre scier ta bûche comme ça. Aide-moi, je te dis. N'es-tu donc pas celle que j'attendais depuis des siècles juifs ? Noémie, tu n'es pas mon messie ni mon Allah « grand mais daltoniste* », ni mon Bouddha boudeur, mon Mahomet mou. Tu t'éventres dans un corps superbe de femme paradisiaque, tu enfantes au crochet, au petit point. Tu joues à la madame. Je ne peux pas te parler d'homme à homme il y a quelque chose en toi qui ne s'assume pas. Tu es faible et enchaînée à la facilité. Résignée.

---

* André Salmon. (NDÉ)

Quoi, un carreau jaune, tu dis ! Chez Marcoux ? Ce doit être sa Pamela honorée qui se lève pour un verre de lait avec des biscuits, ou un verre de jus avec des beignes au miel, ou du pain avec de la mélasse. Pendant ce temps, Marcoux se branle la tête-chercheuse ; sa Pamela le fait pas jouir, le bonhomme. Jamais j'aurais cru ça, Noémie. Toi non plus, hein. Un gars correct de même, une fille smouale au boutte. Y doivent avoir des soucis ? Y devrait oublier ses dettes, donner sa bagnole à Max, son copain d'enfance, déclarer faillite, devenir chômeur, jouer de la flûte, et se remettre à bander dru, à éjaculer comme un bison très ravi... Noémie. Pour la dernière fois, je n'aime pas que tu te penches ainsi par-dessus mon épaule. Tu liras demain.

Oui, je sais que je suis une bête de somme. Oui. La bête de somme, en somme, elle est bien bête. Là. Tu l'as dit. Bon. C'est ça, je te cite. Dixit Noémie chique-smouale-svlete-douce et patati et patata. C'est ça, va te chercher un bol de *corn flakes*. Gnia-gnia-grrr.

L'horreur sur leurs visages... J'en étais à leurs visages dégarnis. Tu sais, Noémie, il n'y a pas de pire, de plus saisissante douleur que celle qui nous regarde dans les yeux, pleine de pitié et de haine. Mais lorsqu'il n'y a plus d'yeux, et qu'il n'y a plus de vie... Mais là, devant la bleue, devant les trois hommes ainsi affalés, devant la mort et devant mon impuissance, je ne peux, bêtement, ô combien bêtement, qu'avoir un geste de recul, physiquement et moralement. Mais, aussitôt, il y a ce bourdonnement, dans ma tête, qui se remet à jargonner comme une pie métallique. Cet effrayant chuchotement châtoyant, comme des vagues en écho qui n'en finissent pas d'atterrir sur une plage bordée de falaises, des grosses vagues incessantes... Holà ! suffit, là-haut, mammouths et mastodontes qui vous traînez les pieds dans mon grenier... Non, Noémie, ce n'est rien. Je me suis laissé emporter par mon récit. Non-non, tu le liras plus tard, je ne veux pas m'interrompre. De toutes façons, je te l'ai raconté tant de fois...

Les trois hommes dans la bleue sont morts ; pour mieux dire, on leur a enlevé leurs trois vies, plutôt dix fois qu'une. Aussi, leurs yeux... comment dire ? leurs yeux n'y sont plus. Mais je n'ai pas vraiment le temps d'y porter attention, ni de faire du théâtre autour de cette souffrance achevée. Je vois et j'entends, du côté du bas Harbouey et de la maison de la vieille femme, une meute gigantesque et rampante de chats énervés. Les trois hommes... les chats ! Est-ce possible ? Mais ! Ils m'ont vu...

J'enfile à vive allure le chemin qui longe l'église ; pour brouiller les pistes, j'entre dans une propriété privée et cours sur le gazon entre les pommiers et le derrière des maisons. Le coin est sauvage, mais il me reste un peu d'agilité, pourtant je bute. C'est le corps méconnaissable du chien de la femme aux chats. La femme aux chats, voilà justement l'arrière de sa maison. Et les chats qui me filent le train dans une cacophonie infernale... Je peine à la course, je sens que les éléments, le vent, les herbes, la terre même, sont contre moi. J'ai des pieds de fer qui ralentissent la fuite, mes joues sont chaudes. Je respire à peine. Je saute quand même la clôture barbelée et m'égratigne les jambes et les bras, puis je fonce à corps perdu dans la porte, qui cède, heureusement, car je sens presque l'haleine chaude et saccadée des chats. La porte est refermée avant qu'aucun chat ne puisse entrer.

Cette maison, je te l'ai déjà dit, Noémie, si lourde, presque écrasante, est possédée par l'humidité. J'ai mal à l'épaule, et ce chuchotement me remet ça dans l'oreille et... Quoi ? Qu'est-ce que tu racontes ? Quels insectes ?

Noémie, en mettant la main sur la boîte de *corn flakes*, a écrasé un cafard. Elle a eu si peur qu'elle n'a même pas pu crier. Là, à genoux sur le sol, elle envoie des jets d'insecticide sous les meubles, la table, le réfrigérateur, sous les plinthes. Elle passe au napalm tout ce qui en sort. Elle frissonne et s'emmêle dans ses cheveux, hésite, se serre les coudes, recule. Le gras si maigre de sa jambe touche délicatement la boîte de carton qui nous sert de poubelle, et elle s'effraie. La voilà en larmes. Toutes blottie sur le divan, maintenant, elle pense à ses morts. Moi non plus je n'ai pas oublié les miens.

Je n'ai pas bougé. Je suis toujours adossé à la porte ; dehors, ça griffe et caquette, et devant, dans l'autre porte, celle de la cuisine, ça pagaille. Il y a du mouvement, mais pas de cri ni de miaulement. Par contre, il y a ce chuintement, dans mon oreille, ce persiflement en crescendo, ce bruissement intensif qui reprend. Et c'est le cas de le dire, cela me tient bien en main. Tout comme cette douleur au plexus qui, sans être insupportable, m'impose l'immobilité. Ainsi, le front sur la porte qui donne dans la cuisine, je suis là, écrasé par cette nuée sonore. Lentement, comme on joue aux bâtonnets chinois en plein champ de tir, je lève la main et empoigne la clenche, j'entrouve la porte de l'épaisseur d'une main.

Noémie dort. Son sommeil la protège, il lui sert d'armure contre ma désespérance. Ainsi, elle est temporairement à l'épreuve du poids que je fais peser sur elle. Dors, Noémie, et que je n'entende que tes ronflements ; ne reproduis pas mes plaintes. Fuis. Laisse-moi seul. D'ailleurs, j'en ai assez de t'entendre prendre mon mal en patience et de te voir toujours au milieu de mes pensées.

Il faut dire. Il faut dire que j'en ai jusque-là de toi, Noémie. De ta soie fine d'antigarce. Tu ne me dis plus rien qui vaille. Mais ne doutes-tu jamais de moi, Noémie, ou plutôt de toi ? Ah ! Noémie, la perspective de voir cet enfant à venir te ressembler me glace la machine à penser. Laisse tes ongles, de temps en temps, et ton gant de crin, plante ton nez fin dans... dans-dans... Plante. Plante-toi dans le réel. Sors de ton image. V*acuum*. *Exit*. Genèse. Aboutis. J'en ai ma claque de ton avachissement forain, de tes fugues sédentaires. Si c'est le mâle en toi qui mène, crève-lui les yeux. Je peux plus t'endurer. Crisse ton camp. Sèche. *Kolon get manman-ou*. Lis mes dazibao, fille. *Mother fucker*. Ton sexe, c'est un usage de faux, toi-même, t'es une fausse représentation.

Hein ! Hum ! Quoi ? tu ne peux pas dormir. Oui, c'est ça, roule-nous chacun une cigarette. Cela devrait nous faire du bien. Ce que j'écris ? Bien, toujours la même histoire, la mienne. Oui. Je la ressasse, la perpétue, mais je mets aussi des choses au point. C'est ça, tu liras tout ça demain. Rendors-toi. Mon amour souffle sur toi et sur ton sommeil. Car je t'aime ; c'est moi que je n'aime plus, en vérité.

Tu peux fermer un peu ton livre, Marcoux, et aller baiser ta Pamela sucrée qui rêve à Max, le facteur... si, si, ton copain d'enfance, celui-là même que tu as retrouvé ici après tant d'années. Alors, patate, tu l'éteins ton carreau jaune ? Tu le fais, ton numéro privé ? Noémie et moi on attend le *show* en fumant une rouleuse. N'est-ce pas, Noémie qu'on attend ? Elle dort la cigarette allumée, et la bouche ouverte. Ah ! et puis, de toute façon, elle n'a jamais pu atteindre au vulgaire.

Le corps de la femme aux chats git au milieu de la cuisine ; les chats sont autour, et Gamin, oui, c'est bien lui, Gamin paraît diriger la circulation. Je ne comprends plus. Pourquoi elle, qui semblait les aimer tant, qui les servait. Oui, elle les servait. C'est bien cela. La sorcière, la Jeanne-la-jeune-vieille, a frappé bas. Non seulement a-t-elle utilisé le fis de-peu-de-sens comme d'un instrument, et cela contre sa propre mère, mais en plus, elle a pointé sur elle la force et la férocité cachées dans ces bêtes que la pauvre femme aimait tant.

Mais je dois vite refermer la porte, car ils m'ont repéré, ou plutôt Gamin m'a aperçu et les autres ont suivi son regard, ce regard étonnant qu'il a toujours.

En refermant la porte, je vois ma main, entièrement jaune. Aussitôt de me tâter le visage : comment savoir ? La mobylette, c'est ça, m'examiner dans le miroir... J'ai la face couverte de taches. Il y a aussi ce grésillement interne qui s'amalgame aux cris de chats dans une cacophonie intolérable, et cette douleur, à l'épicentre du corps, qui altère ma respiration. Cette humidité qui me traverse... Je n'en peux plus, je vacille.

Je perds connaissance, puis fais des cauchemars. Je rêve à un précipice sans fin dans lequel je ne cesse de tomber. Ou je suis poursuivi et j'ai peine à courir, car je suis lourd, si lourd que le vent m'empêche d'avancer. Ou mes pieds s'enfoncent dans le sol fiâche*, suivis des jambes, du bassin ; j'essaie de résister en agitant les bras, mais bientôt ceux-là sont aussi engloutis, comme les épaules, le cou, ma bouche pleine de ciment. J'en ai déjà dans les oreilles et cela pousse sur les tympans. Je m'enfonce totalement. J'ai à peine le temps de voir, avant de disparaître, un hâteschesse** passant devant la lune.

* Mou, sans rigidité. Patois lorrain. (NDÉ)
** Défilé de sorcières dans le ciel. Patois lorrain. (NDÉ)

Deuxième partie

... à travers le soleil

Ils m'ont appelée vilaine
Avec mes sabots...

7

Fluctuat nec mergitur
(Il est battu par les flots,
mais ne sombre pas.)

Tête lourde. Autour tout est noir, ou presque, car le soleil perce un peu sous la porte. Ceci crée une sorte de pénombre qui me permet de voir mes mains, mais à peine les murs. Les chats attendent toujours dehors et dans la cuisine.

Je tâte ma tête, aucune bosse. Aucune douleur intérieure non plus. Je suis arrivé à perdre connaissance, comme ces néo-précieuses qui tombaient pour rien sans jamais se blesser. Un art, quoi ! Et puis, le mur n'est pas si dur, on dirait même une mince cloison. À moins que ce ne soit une porte ? Oui, c'est bien une porte. Mais il y a toutes sortes d'objets que je distingue mal et qui en empêchent le fonctionnement. Cette porte, vraisemblablement, doit donner dans la remise qui, elle-même, mène soit à la rue, soit au grenier. Mais les chats, y ont-ils accès, dans leur folie croassante ?

De toute façon, je ne peux pas rester indéfiniment dans cette pièce, d'autant plus que ma santé ne me rassure pas. Je souffre de maux étranges, je vois aussi des choses étonnantes que jamais rien ni personne ne vient confirmer. Je suis décidé, j'essaie.

Quelques minutes suffisent à déblayer la porte dans le plus grand silence : instruments aratoires, poches de légumes, vieux vêtements qui doivent certainement appartenir au fils cirrhosé, récipients divers. Puis je reste là, comme si cette porte devait s'ouvrir toute seule. Je ne suis pas rassuré. J'essaie d'abord de regarder dessous, puis j'approche l'oreille. Rien. J'actionne délicatement la clenche qui grince légèrement, je tire lentement. Ça craque. D'un seul élan, alors, dans les deux portes, les coups de griffes se multiplient dans un déchirement de tonnerre ; en même temps, alors que je referme la porte du hangar, cette douleur me reprend au creux des oreilles, et cette autre au plexus. Je viens de comprendre le rapport entre les chats et ce qui me domine de l'intérieur. Je ne bouge plus. Je repasse seulement, comme une revue de presse, les événements des derniers jours. En fait, je ne peux qu'aligner des incidences, car je ne comprends rien à rien. Je ne sais pas qui, je ne sais pas quoi, je sais à peine où et pas du tout quand. En ce qui concerne le pourquoi...

Je demeure immobile.

Finalement, et avec le temps, les chats se sont tus, ou plutôt, ils ont cessé de gratter aux deux portes, car ils émettent toujours leurs *bits* aigus. Je sais maintenant qu'il n'y a pas de chats du côté de cette troisième porte, celle qui donne dans la remise. Je me suis adossé contre elle en attendant que les douleurs internes cessent.

Il a dû s'écouler une heure, sinon deux, peut-être même trois depuis ma dernière tentative, car maintenant je combats par vagues, par petites vagues successives. Durant ces heures, j'ai encore un peu revécu ces derniers jours à Harbouey et à Blâmont, jusqu'à l'arrivée devant l'église, il y a quelques heures, quand j'ai vu la bleue, les deux portes côté bas Harbouey ouvertes, la bleue hors d'haleine, en chaleur, ruisselante de sueur, et les trois gars avec leurs masques incrustés de Lone Ranger involontaires, de Zorros du silence, de compagnons de Batman. Au moment du rapt de la bleue, j'avais cru à des Tupamaros en mal d'une bleue, à des IRAS égarés sur le continent ou à des Fedayins de province ; c'était pas ça, mais seulement des gagneurs-de-pain-à-la-sueur-de-leur-front-paysan en manque d'un peu de saugrenu. La blague était bonne, la fin inattendue.

Mais plus je tourne les faits dans tous les sens, et plus je me rends compte que je n'ai pas avantage à attendre ; je me dis que plus vite j'aurai quitté Harbouey, plus tôt je retrouverai celui que j'ai été. Si j'avais su la vérité, Noémie, à ce moment bien précis, jamais je n'aurais eu la force de tenter quoi que ce soit.

Il faudrait au moins que je passe cette porte, mais en ai-je le courage ? et que j'aille voir s'il y a moyen de sortir par la rue. Justement, je crois me rappeler qu'il y a une petite fenêtre au grenier, qui donne sur la rue.

C'est décidé, je monte au grenier. Cette fois j'empoigne radicalement la clenche et ouvre la porte d'un geste résolu, puis je me lance dans la remise tête baissée, au cas où... Les chats n'y sont pas, mais la douleur, elle, y est. Elles y sont même toutes les deux, la sonore et l'abdominale. Elles apparaissent brusquement au moment même où les chats se projettent dans les deux portes donnant sur la cuisine et sur la rue. Les douleurs, quoique distances, se touchent presque, c'est en fait un mal global qui m'envahit et qui suce toutes mes énergies. Je culbute, mais, cette fois, je garde toute ma conscience, surtout de la douleur.

Toutes les idées me passent par la tête, par exemple, qu'on pourrait facilement me dominer comme on le fait si on m'avait implanté une électrode dans l'hypothalamus et deux autres quelque part dans les oreilles. Mais quand, et comment aurait-on pu les installer à mon insu ? Un réflexe naturel m'amène à me tâter les oreilles, le cou, la tête. Non, c'est impossible, ce n'est pas cela, il doit seulement s'agir d'un concours de circonstances, disons étonnantes, mais nullement atténuantes.

Cette musique qui chuinte à grande intensité dans mes oreilles semble tout à coup s'articuler comme... une respiration, comme une expiration. On dirait une plainte qui attirerait la mienne. Ha. Voilà, un ha chuintant, c'est exactement la forme que cela prend, mais ça ne m'empêche toutefois pas de gravir l'escalier qui mène au grenier. Je me hisse péniblement d'une marche à l'autre, lentement au début, et plus rapidement vers la fin car la douleur va en s'atténuant. Dans le grenier, il y a déjà un peu de lumière ; il faut dire que c'est loin d'être hermétique là-haut. On aurait intérêt à colmater ici et là et tout autour ; l'étanchéité laisse à désirer.

En bas, les chats ont cessé leur vacarme, évidemment, les douleurs baissent en intensité. Je me sens comme un derviche qui ne tournerait plus, un peu étourdi, vaguement irrité, tendu. Mais surtout, absent d'une certaine réalité à laquelle je m'étais accoutumé. Je dois être près de la dépersonnalisation. Je suis seul, et rien ne peut plus m'aider. Noémie est bien loin de moi, je me sens même loin de moi-même. Dieu ! es-tu vrai, 'stie ?

Qui pourra me sortir de cette histoire ? Car je ne sais plus où agit la distorsion, dans l'aventure ou dans le récit que j'en fais. Mon écriture chavire sans doute et les lignes doivent monter et descendre, parfois s'entrecroiser et même déborder la feuille. Je bouffe du papier.

« *soul* drame nocturne
« *a fairy* nocturne
« et jusqu'à Neujaillis
« dans leurs féeriques palais érigés
« sur des colonnes de lumières* »

La distorsion, comme chez Modigliani, est peut-être dans l'œil, ou peut-être est-ce toi, Noémie, ma déformation en noir et blanc. C'est peut-être toi, mon drame nocturne, mon cou modi...

Pendant que je repense au poème de « Dédo », je pénètre dans une petite pièce fermée du grenier où les sons venant de l'extérieur paraissent étouffés ; il y a un vieux matelas, un sommier, quelques instruments bizarres, des toiles d'araignées, et d'autres toiles, naïves, sans doute de la prime jeunesse du fils, des pommes étalées sur le plancher. Et la fenêtre.

La fenêtre est petite, mais je vois quand même la rue tout entière, et la meute folle des chats qui s'y entassent. Il y en a de plus en plus, sans cesse en mouvement, se sentant les uns les autres, courant parfois et miaulant sans arrêt. Il doit bien y en avoir une centaine, sans compter ceux d'en arrière et ceux à l'intérieur.

Je n'ai plus de douleur, mais je viens de me rendre compte que, après mon corps, ce sont mes yeux qui pi-

---

* Stance chère à Amédéo Modigliani et problablement de lui. (NDÉ)

cotent un peu, qui souffrent de jaunisse. J'en suis à me demander si tout ce que je vois en jaune l'est vraiment. En fait, c'est comme s'il y avait un voile jaune entre la réalité et moi, une sorte de filtre antiprisme ou quelque chose du genre.

Il fait sombre, même s'il est sans doute près de midi. Des nuages noirs font culbuter Harbouey dans l'univers des ténèbres. Je sais ce que je dis. Plus qu'une nécropole, Harbouey tend à devenir une ville fantôme tirée de la nuit des temps. La rosée y persiste le jour comme la nuit.

Depuis plusieurs heures, je regarde dans la rue. Je n'arrive pas à comprendre que personne ne soit venu à Harbouey depuis déjà... je ne sais combien de temps. Ni boulanger ni marchand de fruits, ni boucher ni laitier, ni employé des postes ou de l'électricité ou du gaz, ni passant. Personne. Est-ce vraiment possible qu'un village soit ainsi coupé du monde pendant de si longs jours et que personne n'en remarque l'isolement ?

Je suis en train de réfléchir à cela, et à imaginer la pire machination mondiale, lorsque, de la rue, au milieu des piailleries des chats, vient jusqu'à moi un bruit inattendu de sabots. Je plonge alors une fois de plus vers la fenêtre pour voir surgir d'une ferme en bas de la rue, près des jardins, un homme dans la trentaine monté sur un cheval de trait. Il bat la vieille bête à grands coups de cravache et fonce dans la meute. Peine perdue, la picouille n'a pas fait dix enjambées qu'une nuée de félins criards lui saute dessus et assaille le cavalier effarouché jusqu'à les renverser sur le sol. D'ici, j'entends les coups de griffes dans les flancs du cheval, qui râle déjà. L'homme, lui, encore debout, avançant péniblement en direction de sa maison, traîne sur son dos, et accroché à ses jambes, un régiment fluide de bêtes noires qui ne démordent pas. Soudain, la porte de la maison, sa maison, s'ouvre. Une femme jeune, méchamment, s'avance dans la porte, bâton en main ; elle a déjà son élan. Mais l'homme, lui, toujours attaqué par la vague, a déjà un genou à terre, son corps flanche sous les coups répétés des carnassiers. La femme, rageuse, avance quand même, fendant l'air à grands sifflements de bâton. Mais elle n'a pas rejoint l'homme qu'une horde nouvelle se jette sur elle. Elle gesticule dans tous les sens, et se vrille, mais lorsqu'elle voit l'enfant visiblement malade qui la suit dans la rue, se reprochant sans doute de ne pas avoir refermé la porte derrière elle, et peut-être même d'avoir laissé sortir son homme, elle se laisse plier sous le choc. L'enfant aussi n'a pas le loisir de résister, il est aussitôt terrassé et laissé pour mort, tout juste comme le soleil perce à travers les nuages.

Le vent se lève.

Après l'événement de l'homme à cheval, de la femme et de l'enfant, j'ai arbitrairement mis la montre à midi, pensant que le zénith, tenant en gerbe l'éternité, comme un bouquet fourni de jonquilles et de primevères, saurait me ramener un peu de bon temps. Il est maintenant quatre heures dix et les chats jacassent toujours.

Sur le sol de la pièce du grenier où je suis cloîtré, il y a une araignée qui vient vers moi. Il y a déjà plus d'une heure que j'observe ses manœuvres autour de sa toile de coin, à la hauteur du sol. Son commerce a l'air fructueux, d'autant plus que le temps travaille pour elle. Elle approche de mon pied. Je vais l'écraser. Elle monte sur le bout du soulier. Un geste et elle est morte. Le voilà, le geste. Elle s'accroche aux jeans et monte lentement le long de la jambe. Ce geste, où est-il ? Une taloche et c'est fini. Un coup de karaté et je lui brise le cou. Elle passe plus rapidement sur la ceinture et s'engage sur le chandail jaune de super-héros. Elle piétine le capitaine Kébec, l'insolente. Vas-y Superman, fils culturel de la mécanique, cadet naturel de la mythologie deï-sexiste, tape-lui sur la tête, t'es sûr de pas la manquer, arrache-lui les pattes. Allez, tu la tues un peu, beaucoup, passionnément, à la folie, pas du tout. Elle glisse dans mon cou. Où est-elle ? Je ne la sens plus. On ne remue plus, ni elle ni moi. J'essaie de respirer sans bouger, ce n'est pas facile. Et puis, je suis dans une position inconfortable. Il n'y a qu'une solution, taper au hasard, d'un coup sec et sans pardon. Si elle est là où je frappe, on n'en parle plus, sinon, elle me pique et là je sais où elle est. Alors je l'anéantirai. J'y vais, à go. Un-deux-trois, radis-radis-radis, allons-y, go. Un coup à l'épaule, aïe ! un autre au plexus. Elle m'a eu... en plein soleil, la vicieuse, elle a éteint ma pile solaire. Mais je l'ai pas ratée.

Hum ! Et les chats ? Décidément, toute la nature animale est liguée contre moi.

Ça piaille toujours dans la rue. Je suis assis par terre, sous la fenêtre, et ne vois ce qui se passe dehors. Ma montre indique 5 h 25, j'ai faim. Il a plu, tonné et éclairé pendant plus d'une heure ; dans le grenier, comme dans la rue, la noirceur, peu à peu, prend sa place. Autant refermer les yeux et continuer à attendre, mais attendre quoi, au fait, quel miracle ?

Soudain, alors que j'imagine mille portes de sortie, tout Harbouey sursaute entre les chats ; un boum gigantesque perce la pénombre, puis un second qui crache le feu comme je me hisse à la fenêtre. C'est l'homme d'en face, l'égorgeur du christ-chat, qui, un pied dans sa bagnole et l'autre sur le sol, tente de recouvrir de chevrotine la masse des chats. Les chats qui se sont multipliés. Il y en a maintenant plus que jamais, qui se lancent à l'assaut de la bagnole grise dans laquelle le tireur s'est réfugié. Il fonce dans la masse mouvante, le bonhomme, comme un chevalier de tournoi. Ça rugit fort et rauque dans tout lo sâpré villège.* Il écrase ici et là des chats qui, souvent, éclatent en jonchant le sol de sang clair, il en coince d'autres contre les murs des maisons, recule et fonce de nouveau. Les roues crissent et labourent les coins de terre. Mais la nuée des chats ne semble pas diminuer pour autant : alors il se met à tourner de plus en plus vite sur sa droite. L'engin beugle, les roues brisent le sol, il fonce, toujours en tournoyant et accélérant jusqu'à ce que... Noémie, la portière s'ouvre. Tu comprends, il tombe et roule sur le sol tandis que la bagnole vient s'arrêter là, sous la petite fenêtre par laquelle je surveille la scène. Elle est face au mur, le moteur en marche, la bagnole grise.

Au milieu de la rue, l'assassin du christ-chat s'est relevé et il affronte la vague. Mais cela ne durera pas ; en l'espace d'une seconde, il est terrassé, griffé, percé, détruit. Il n'a pas eu le temps de lever son arme. Derrière lui, comme il disparaît dans le nuage noir et miaulant, la double fenêtre s'ouvre dans un long cri désespéré, c'est le fils équeuté qui vocifère sa haine et crache du feu comme son père, mais l'arme est légère, et même si plusieurs projectiles atteignent leur but, que peuvent quelques volées de plomb contre la horde

* Lo sâpré villège : le sapré village. (NDÉ)

noire ? La meute, bien sûr, un peu surprise, lâche sa proie, et c'est là, tout juste entre l'apparition du corps déchiqueté du père sur le sol et la nouvelle ruée vers le fils pleurant et hors de lui que l'idée me vient, la folle idée de sortir à mon tour.

Il faut bien comprendre, c'est l'écœurement qui me fait faire le premier pas en arrière, puis profitant de l'élan, je me lance dans l'escalier. En fait, je ne suis pas certain du lieu où germa cette idée de tenter une sortie. Mais qu'importe.

Ma marche brusque dans le grenier éveille la suspicion des chats de la cuisine, qui se remettent à ruer dans la porte donnant sur la remise. Simultanément, les sons fous et chuintants réapparaissent, de même que la douleur au plexus. Je trébuche dans l'escalier et déboule comme une masse souffrante. Sur le sol de la remise, toutefois, je me retrouve en un rien de temps sur les pieds, et fonce vers la porte, plié en deux pour atténuer la douleur, les mains sur les oreilles. Avant même de comprendre ce que ce geste implique, j'ouvre la porte, les bras sur la tête cette fois, et me précipite en direction de la bagnole grise dont le moteur roule toujours. Je n'ai que le temps de voir, assez vaguement d'ailleurs, de l'autre côté de la rue, le fils blafard rivé aux chambranles de la fenêtre, hurlant sa terreur et sa haine, jurant sa vengeance aux cieux les plus sombres, insultant la vie et la mort, puis sombrant dans la vague féline, qui le transporte et le transperce, le mutile.

Aussitôt assis, je referme la porte de la grise avec violence, car je viens à mon tour d'être agrippé par l'arrière. Je fouille dans mon cou et, derrière la tête, prends la bête par la peau ; dans un effort désespéré, je la projette dans le pare-brise. Cela ne suffit pas, elle veut encore s'en prendre à moi. Et tous les autres qui se ruent sur la carosserie et dans les vitres dans un roulement de tonnerre indescriptible.

Indescriptible, car les chuchotements augmentent en intensité à l'intérieur de mes oreilles. Il me faut choisir, calmer ces sons ou achever la bête.

La main gauche sur l'oreille droite et l'oreille gauche sur l'épaule gauche, le bras me cachant la vue, plié en deux pour atténuer ces douleurs au plexus, j'exécute la bête d'une seule main, en même temps qu'elle m'ouvre les veines du poignet et me mord le pouce de dépit. Je presse plus fort, avec conviction. Ça ne bouge plus dans ma main que je tiens toujours serrée. Puis, comme mû par la seule révolte de mes membres, je passe en marche arrière. Je connais bien ces bagnoles automatiques, le jeu des pédales est simple et rapide, arrière, avant, à gauche, dans le tas de fumier, arrière encore et à droite, à nouveau dans le mur de la maison. J'y vois à peine entre le sang et les chats, mais je fonce quand même. Je surveille bien la portière de gauche. Boum. Je recule encore et enfonce l'accélérateur. Boum. Je recule. Boum.

Ce dernier choc a son importance dans ma fuite, car c'est à cet instant que la douleur et les chuchotements sonores cessent. Comme ça, sans avertissement. En même temps, aussi, la meute entière abandonne la poursuite, le harcèlement.

Ils sont là, tout autour de la voiture dont le moteur ne tourne plus et qui descend lentement la légère pente pour aller s'arrêter au milieu de la route. Ils marchent lentement, tête basse, reprenant leur souffle et reposant leur corps. C'est étrange, Noémie, on dirait la fin d'un round de boxe.

Je suis toujours dans la voiture grise, en plein centre de la route, entre les chats qui reposent dans un calme absolu. Je n'ose pas sortir. Ces cinq minutes de calme m'ont plus énervé que le reste de la journée. Je me sens soudainement crevé, anéanti par la fatigue. Mais au-delà de tout, deux choses m'intriguent. Il y a d'abord ce jaune envahissant qui, je le sais, appartient à mon œil et non à l'univers qui m'entoure, certainement pas à Harbouey, en tout cas, ce village, comme bien d'autres, irrémédiablement gris, terne, poussiéreux. Et puis, surtout, la tête arrachée, mais indemne de Gamin, sa tête, Noémie, tout juste contre la mécanique endommagée de son corps. Oui, tu me comprends bien, exactement à l'endroit du dernier choc. C'est ça, contre la façade de la maison de la femme aux chats. Un mécanisme lourd, huilé, tout en tiges, en plaques, en rouages. Une mécanique dans tout ce sang.

Gamin était un automate. Une sorte de marionnette téléguidée. Et qui dit marionnette dit ficelles, et qui dit ficelles dit manipulateur.

Dans quelques minutes, ce sera la noirceur, la vraie, la sans lune. La noire. Autour de la grise, les chats, toujours, reposent en remuant à peine. J'ai essayé à plusieurs reprises de démarrer. Impossible.

Les gens des maisons avoisinantes, comme moi, n'ont pas encore mis le nez dehors. Sans doute attendent-ils du secours. Mais où est-il ce secours, ce reste du monde ? Les chats y seraient-ils aussi ? Comment se fait-il que personne ne téléphone de l'extérieur, ou de l'intérieur ? Personne ne vient-il jamais à Harbouey ? Je me demande aussi si tous sont aussi atteints que moi dans leur corps. En quelle couleur voient-ils le monde ? Sont-ils aussi sujets aux douleurs stomacales ?

Résistent-ils à l'envahisseur invisible de leur être, ou sont-ils pieds et poings liés dans leurs tanières humides ? Ne tenteront-ils rien, ne serait-ce que de fuir ?

Je ne peux plus attendre. Ma tête est prise dans un étau affamé, ma gorge lance des cris desséchés. Mes borborygmes font de l'écho dans l'estomac. Il me faut quitter Harbouey à tout prix, et au plus tôt.

Là, à vingt pas, du côté de l'église, il y a une deux-chevaux jaune, une Dyane toute neuve. Mais j'hésite à me hasarder parmie les chats. C'est peut-être un piège.

Mais cette bagnole grise n'est-elle pas aussi un piège ! Il n'est pas question de m'en faire un tombeau, et c'est bien ce qui va arriver si je ne sors pas d'ici avant la pleine noirceur. Alors, avant même de penser à l'autre côté de la médaille, feignant momentanément d'oublier le risque, j'ouvre la portière. Du coup, deux chats bondissent comme alarmés, mais c'est la peur qui les fait s'éloigner. Les deux bêtes étaient sans doute sous la portière. J'attends un instant.

Tout autour, une infinité de petits cercles blancs me fixent, mais aucun chat ne bouge. D'un peu partout, aussi, des miaulements de faim ou de douleur jaillissent, sous la nuit. Moi-même, lorsque je pose la main droite sur le siège afin de me donner un peu d'élan, je ne peux réprimer un cri étouffé de douleur et de colère ; ça chauffe dans la peau, ça élance, mais je crains trop pour ma vie, marchant entre les chats, pour me préoccuper d'une main jaune qui enfle.

Je feutre ma marche tout en avançant d'un pas qui se veut assuré, mais je ne peux m'empêcher, à chaque geste de chat, de me raidir de toute ma longueur et de creuser des rides. J'ai les mains moites et le cœur à l'étroit. Cela n'en finit plus de durer. Ce sont, depuis les tout premiers, les vingt plus longs pas de ma vie. À moins que j'en aie fait cent, ou mille. Ou peut-être seulement dix.

Au moment où je mets la main sur la poignée, un certain doute se glisse dans mon esprit, pour presque aussitôt se transformer en un sentiment d'effroi. Oui, Noémie, c'est barré. Les quatre, les cinq portes ne répondent pas à mes commandes. Comme instrument de fuite, il ne reste que la bleue, plus haut, avec les trois types exorbités. En aurai-je seulement la force ?

Mais bien sûr, j'aurais dû y penser plus tôt ; tous, dans les maisons avoisinantes, m'ont vu risquer ma vie, comme ils ont vu les deux pères, les deux fils et la mère périr dans leurs tentatives. Et parmi ceux-là, évidemment, le propriétaire de la deux-chevaux. Et voilà, le brave type, le super-héros, qui se manifeste. Oh ! le beau geste ; dans un élan que l'humanité n'oubliera pas, passant le bras dans l'embrasure de la fenêtre du premier étage, il lance les clés directement sur le capot de la jaune, ce qui a pour effet de faire sauter les chats, et moi du même coup. Je ne suis pas sans avoir un brusque geste de recul, car j'ai les nerfs tendus, mon équilibre ne dépend d'ailleurs plus que d'eux seuls.

Je récupère rapidement les clés et ouvre la portière tandis que les chats se lamentent toujours tout autour. Je m'assois, surpris plus que jamais par l'absence des douleurs télécommandées. Mais je n'ai pas le temps de réfléchir davantage à cette idée, ni de me demander qui peut bien en être l'instigateur, que je perds la connaissance des faits extérieurs, et intérieurs... si cela est possible. J'ai à peine le temps de voir, au bout de la rue, marchant vers moi comme un chacal dédaignant sa proie, le fils, le Pierot-de-peu-de-sens. Une bête inerte est affalée sur son bras gauche. Il s'agit d'un chat jaune à long poil. Aussi, au même moment, le ciel se met-il à cracher sang et eau.

« Du haut de la Montagne Noire, le Roi
« (Celui qu'Il élut pour régner, pour commander)
« Pleure les larmes de ceux qui n'ont pu rejoindre
les étoiles
« Et de la sombre couronne de nuages
« Tombent des gouttes et des perles
« Sur la chaleur excessive de la Nuit*. »

---

* A. Modigliani. (NDÉ)

8

Nous sommes morts, âme ne nous harie,
Mais priez Dieu que tous nous veuille absoudre !

FRANÇOIS VILLON

Encore une journée sombre. Je voudrais espérer qu'elle soit moins longue et moins tortueuse que les précédentes, mais je n'ai plus beaucoup d'espoir, ni même la force d'escompter quoi que ce soit. Autour de la jaune, les chats tournent inlassablement. Ils sont comme un peu ragaillardis, tandis que je suis plus faible que jamais. Mais plus... Il y a que tout est irrémédiablement jaune, à commencer par moi : la jaune, les chats, tout Harbouey, ma feuille sans doute, toi, Noémie, et puis... et puis, jusqu'à mon cerveau qui...

Je ne vois pas le fils, ni trace de son passage. Je me demande si j'ai rêvé ou si je l'ai véritablement aperçu, le Pierot-de-peu-de-sens, au bout du village. Quoique, considérant l'amplitude des rêves qui m'assaillent depuis mon retour d'Harbouey, je me demande si cette distinction a du sens. Possédé pour possédé, les tortures de l'intérieur n'ont rien à envier à celle du corps.

La jaune est au point mort. Il n'y a plus qu'à faire tourner la clé, mais j'ai peine à faire ce geste, comme si le moindre bruit de tôle allait réveiller la violence des chats. Et je n'ai plus la force d'affronter cela. Pourtant, d'ores et déjà, je sais que je devrai bientôt m'y résoudre, car les chats, qui déjà à mon réveil étaient ragaillardis, se font maintenant plus alertes, plus remuants. Et c'est bien ce qui me pousse à fuir Harbouey, et d'abord à faire tourner la clé.

Ça rugit jusque dans ma tête, mais ça ne démarre pas. J'enfonce la pédale, le bruit dépasse le seuil d'endurance l'espace d'un long instant, puis ça démarre enfin. Ça craque de partout, vibre et malaxe. Je n'ai rien avalé depuis longtemps, et pourtant, ce brassement me met l'intérieur tout à l'envers. La bile me fait serrer la gorge.

J'embraye, et passe en première. La jaune se met en mouvement, alors même qu'un premier chat se projette avec violence contre la portière. Puis, de la même manière, comme je m'éloigne d'eux, les plus vindicatifs se précipitent sur l'arrière de la jaune. J'entends les coups comme des jets de pierre sur un vibraphone alto. En même temps, les premiers sons se manifestent. Je dis bien en même temps, Noémie. Et puis, fatalement, cette douleur au plexus revient. Mais, et cela m'étonne un peu, avec moins de violence que la veille, moins de... je ne sais comment dire ? Moins de poids, de force, de précision aussi, peut-être.

Je fonce sur la route de Blâmont, le soleil en pleine face. Oui, le soleil est réapparu au-dessus d'Harbouey. J'accélère, car la douleur s'accentue à mesure que le temps passe. Je n'ai pas beaucoup de temps. Mais du temps pour quoi, au fait ? Pour quitter la région. Comme si j'en avais la force ! Pour aider ces gens qui sont cloîtrés dans leurs tanières ? J'en ai encore moins le courage. Alors quoi ? La police ? Il n'y a pas d'autre solution, c'est certain. Bon, ça va pour les flics, la décision est prise.

J'arrive assez bien à tenir la route malgré cette douleur qui, maintenant, a pris des proportions inattendues, comme si, est-ce possible ? comme si le mal se rapprochait de moi, Noémie, ou comme si je me rapprochais de lui.

Aurais-je mieux fait de rester à Harbouey ? Certainement pas. Tout, sauf Harbouey. Je préfère affronter la douleur, et puis, il est évident qu'elle finira bien par m'avoir, par m'atteindre et en finir avec moi. Alors, aussi bien me précipiter dessus, comme cela semble être le cas. Je ne veux pas finir traqué comme un rat. Si je dois crever, dans cette affaire, que ce soit par ma propre intervention, et en injuriant la racine du mal. Et crois-moi, Noémie, je m'occuperai bien de moi-même avant que la douleur ne m'atteigne.

Alors même que je jure, la main sur le *Guide Michelin*, de saisir la mort avant qu'elle ne me cerne, il me vient soudainement, et sans avertissement, un coup bref et puissant, sec et intense à la fois, au plexus, un coup comme je n'en avais pas subi jusque-là, Noémie. Indescriptible, comme... oui, comme rageur, vengeur même. En même temps, les sons se font plus précis, à la fois dans leur forme, c'est-à-dire la douleur, et dans leur expression : ce châtoiement vif et répété, comme un cha-cha-cha de locomotive, un ébranlement de la matière sonore.

Comprends-tu bien ce que je te raconte, Noémie ? J'en doute, je suis même sûr que tu ne comprends rien. Mais ce n'est pas grave, c'est pour moi que je raconte.

Alors, surpris par ces deux maux, tu l'imagines, je me replie soudainement sur moi-même, comme en position de fœtus, c'est-à-dire dans une attitude miréceptive, mi-violente, à la fois fermé au reste du monde et ouvert sur l'intérieur, uniquement concentré sur la double douleur.

Évidemment, je laisse le volant un court instant, juste assez pour perdre le contrôle de la jaune qui profite de ce bref moment d'inattention pour prendre le champ. Mais entre-temps, Noémie, entre la douleur et le champ, entre la perte de contrôle et la sortie de la route, il y a une hésitation. Car la route en cet endroit est en ligne droite, c'est-à-dire que cela me permettrait de redresser le volant à temps, s'il n'y avait pas cette attente contrôlée, ce bref instant consacré à la réflexion. Je mesure, tu vois, les conséquences possibles de l'accident et du non-accident. Et à vrai dire, je ne choisis pas l'accident. Que cela soit clair, Noémie, je n'ai pas l'esprit kamikaze. Seulement, j'étire, suffisamment et volontairement cette seconde de réflexion pour ne pas avoir à choisir.

La jaune a fait une embardée, un tonneau, je pense, et est venue s'arrêter sur deux pattes, entre les restes d'une charrette à bras, que j'ai écrabouillée au passage, et une digue de roches sur laquelle elle s'est accotée. Puis j'ai perdu conscience.

Le réveil est difficile. Évidemment, j'ai les pieds pointés vers le ciel, comme l'homme saoul narguant la mort et la frôlant dans une évidente et impudique indifférence. J'ai aussi un violent mal de tête. Je porte la main au front avant même de me redresser et y découvre un peu de sang séché. Je suis donc là depuis assez longtemps.

Comme il m'est impossible de sortir par la porte de droite, celle du bas, je me hisse jusqu'à la fenêtre de la porte du conducteur et j'y passe la tête. L'air me fait un peu de bien, à vrai dire, mais pas autant que la vue de ce qui jonche le sol entre la charette et la route. Je te l'ai déjà raconté, Noémie, il s'agit d'un second chat, ou plutôt de la seconde mécanique.

Les morceaux sont répandus sur le sol autour de la tête à laquelle la fourrure jaune reste toujours accrochée. Et ceci, comme la première fois, me rappelle que le plexus ne me tiraille plus et que je n'ai plus ce chahut dans l'oreille. Aussitôt, un peu, oh ! très peu mais quand même, ragaillardi à la vue de cette mécanique et par la disparition de mes maux, je m'empresse d'ouvrir la portière et de me jeter à l'extérieur. Mais la jaune ne tenant que précairement en équilibre, je me trouve à la faire retomber brusquement sur ses quatre pattes dans un éclat de poussière que je devine plus que je ne le vois, puisque je suis moi-même projeté dans les débris de la charette. Et ce qui devait arriver arrivant, je me retrouve le bras gauche planté dans un vieux clou rouillé. Et puis, il y a ma tête qui, pour une seconde fois, en ce que je crois être peu de temps, vient frapper une matière dure et vindicative.

J'en ai certes jusque-là des douleurs dans l'oreille, au plexus, à la tête ou au bras, Noémie, mais c'est avant tout pour marquer mon écœurement face au mauvais sort que je lance tous azimuts un cri déchirant. Puis je tourne sur moi-même afin que le clou et la rouille se retirent de moi. Ceci est suivi de minutes plutôt pénibles pendant lesquelles je gueule d'abord d'une voix étouffée, puis je laisse émerger quelques gloussements pleurnichards, avant de brailler à chaudes larmes. Ce qui, aussi étonnant que cela puisse paraître, n'est pas sans me faire le plus grand bien. Je sais que ce n'est pas la première fois que je dis cela et que je semble me raccrocher à des riens, mais justement, il n'y a rien à quoi je puisse me retenir, et d'ailleurs, je t'oublie même, toi qui m'as si souvent rattaché à la réalité, pour ne pas dire ramené à la vie.

Lorsque la chaleur de mes joues commence à diminuer, lorsque je n'ai plus de larmes à larguer et que la douleur réintègre son champ d'endurance, je me mets debout lentement et remonte dans la jaune en espérant qu'elle réponde à mes commandes. Assis inconfortablement et tenant mon bras gauche de peur qu'un geste brusque ne ramène les douleurs, je jette un coup d'œil bref mais attentif aux débris de la charrette et à ceux du chat mécanique. Naturellement, la vue de l'automate n'est pas sans raviver quelques questions à propos de son origine et de sa manipulation. Qui le dirige, je devrais dire : les dirige ? Et combien y en a-t-il ? Que me veut-on ? Pourquoi moi, encore une fois ? Je comprends que ces questions sont et resteront inutiles tant qu'un interlocuteur valable ne fera pas acte de présence. En fait, j'ai à l'esprit le fils-de-peu-de-sens dont je crois avoir écrasé l'automate jaune à long poil.

Au moment de cet incident, je ne pense évidemment pas à la jeune Vénus callipyge de Blâmont. Quoique constituant déjà un souvenir trouble, elle n'était pas encore la sorcière qui me poursuit encore jusque dans les derniers retranchements de mon cerveau.

J'ai repris la route avec beaucoup de difficultés. Il y a d'abord la jaune qui a hésité longtemps avant de démarrer, puis mon bras qui, là, refuse complètement de m'être de quelque utilité que ce soit. Je conduis donc d'une seule main, encore que, par de longs moments, je tienne justement plutôt mon bras que le volant. Aussi le voyage jusqu'à Blâmont est-il à la fois long et pénible.

Au canal qui traverse Blâmont, je m'arrête et demande à un vieillard bringuebalant le chemin de la gendarmerie. Puis, suivant ses indications crachées, je tourne à gauche et passe devant l'église. Un peu plus loin, je reconnais les couleurs Travail-Famille-Patrie. Je braque donc à gauche, toujours d'une seule main, fais faire un tour sur elle-même à la jaune, passant d'ailleurs près de provoquer un accident avec un poids lourd, et stationne juste devant la gendarmerie. Je suis essouflé, nerveux aussi, et abattu. Si seulement ce bras me laissait un peu de répit.

Mais il y a plus. Si je ne bouge pas, si je ne me lève pas pour aller frayer avec les tontons-macoutes de la république, c'est que la situation vient de changer ; le Pierot-de-peu-de-sens, le peuh*, l'envoûté, celui qui obstruera ma mémoire s'en vient sur le trottoir avec, dans les mains, une masse noire. Je vois bien, c'est un chat. Tout mon corps frémit, comme si un sens inextinguible agissait sous cette image.

Dans la fenêtre, il y a un flic en bras de chemise qui renifle l'étranger. Il résiste à peine à l'envie de venir me parler passeport, carte verte, carte grise. Près de la bâtisse, il y a également deux gardiens de l'ordre dans une camionnette, un gros pâle du type jambonneau et un bistré en forme de parapluie, qui s'interrogent mutuellement sur ma personne. Mais aucun de ces trois zélés à casquette, ni celui qui est planté dans la porte d'entrée, ne vient interrompre ma stupeur. Car je suis bel et bien cloué sur place, vaincu, dépourvu de

---

* ...le peuh : le laid. (NDÉ)

volonté, possédé, faut-il le dire, et dépossédé de moi-même. Et le fils trapu avance toujours avec son satané chat tout raide, et grinçant, qui me transperce, enfin, qui me gèle sur place de ses yeux jaunes. Eh oui, Noémie. Et tu comprends que je n'ose bouger. À cause des douleurs au plexus, et des sons. Tu me comprends, hein ? Moi pas.

J'ai sans doute pensé qu'il n'y avait rien à faire contre cette incroyable machination. Et pourtant...

Le fils malin, toujours avec le chat dans les bras, une mécanique, sans doute, encore, monte dans la jaune et pose son corps près de moi, si près ! Une chaleur puante m'enveloppe et irrite la peau de tout mon corps ; jusqu'à mes tempes qui faiblissent sous l'étau puissant de... je ne sais plus au juste... ce qui m'arrive.

Il parle comme un claquement de doigts, et j'obtempère. Je démarre, puis prends la route dans la direction indiquée par son regard, je veux dire, toujours avec ces images insuffisantes, qu'il me commande, qu'il m'impose l'itinéraire à suivre par sa seule pensée, par sa seule présence. À moins que... oui, évidemment, c'est la mécanique qui agit, au-delà de tout. Mais je ne fais plus trop la différence. Et de tout façon, compulsion pour compulsion, qu'elle vienne de l'un ou de l'autre...

Je suis replié sur mon épouvante, c'est-à-dire qu'il m'a rabattu sur moi-même comme un billet de banque. En réalité, et contre toute apparence, je ne souffre pas de mélancolie ; j'ai une raison d'être, celle d'être. Être pour être. Je m'attache à la vie, malgré bien des promesses contraires. C'est du moins dans cet esprit que je vois apparaître Harbouey sous une étrange cloche d'humidité. Le village et son iceberg sont en effet enveloppés dans une sorte de nuage à la fois ouateux et comme givré. Harbouey, oh ! que je te déteste, et ta banquise car tu n'es pas que dans mon imagination.

Harbouey est désert lorsque la jaune descend dans la rue principale. Il n'y a pas un... enfin, il n'y a personne en vue. Seuls, au bout de la rue, près du jardin grillagé, une quarantaine de chats piétinent sur place en tournant en rond. Il y en a aussi quelques autres sur le rebord des fenêtres, en fait, sur tous les rebords de fenêtres. Et devant les portes. De même, dans la rue, sont toujours là les corps du père, de la mère et de l'enfant, celui de l'assassin du christ-chat, aussi celui du fils équeuté pendant à la fenêtre.

Et je ne répugne même pas à ce spectacle, Noémie. Je ne bronche pas. Je regarde en avant, évitant comme la peste de croiser les yeux du chat que le possédé a toujours dans les bras. Lui non plus, je ne le dévisage pas. Il le veut ainsi. À moins que ce ne soit elle, la main et le cerveau du mal, la jeune femme vieille, la sorcière, qui marque mon esprit de son mépris, qui nargue mon besoin de réalisme, de vérité avérée, qui brise en moi toute envie de résistance. Car elle est là, venant de derrière la jaune, elle passe près de moi. Seule la vitre de la portière nous sépare, sans cela, je pourrais lui toucher.

Tandis que l'apprenti-de-peu-de-sens sort de la jaune, prenant soin de ne pas oublier la clé de contact et laissant le chat sur son siège, tout près, si près ! la magicienne se penche vers moi et me regarde comme un esprit égaré dans sa cellule, comme un fauve dans une cage vitrée. Puis elle part rejoindre l'autre, un peu plus en avant. Je l'aperçois de dos, exactement comme je l'ai vue l'autre jour, hier, enfin... sur la place de Blâmont, attirante, envoûtante, désirable. Oui, elle suscite malgré tout le désir. Mais lorsque le fils de-peu-de-sens veut entrer dans la maison de la mère aux chats, elle redevient impitoyable, lui en refusant l'entrée. Il proteste légèrement, elle le toise sévèrement. Puis il oublie son désir, comme un enfant désavoué.

Alors, lentement, comme posant les pieds sur un coussin d'air, elle marche en direction du corps de l'égorgeur de chats, puis elle trace sur le sol, autour du corps inanimé, un large cercle à l'aide d'une croix rustique, faite de branches de chêne, qu'elle porte pendue à sa ceinture et qui flotte entre ses cuisses. À ce moment, Noémie, un chat, sorti de je ne sais où, avance vers elle. Il a le corps un peu raide et la démarche... comment dire ? peu animale. Il n'y a plus de doute possible, il s'agit d'un autre automate. Une autre mécanique qui vient s'arrêter près d'elle exactement ; comprends-moi, Noémie, exactement au moment où, dans la jaune, l'autre chat, celui qui me commande depuis la gendarmerie, et cela sans mot dire ni bouger, ce chat, donc, s'interrompt. S'éteint. Le mot est juste, il cesse de fonctionner.

Alors, comme je cherche à ouvrir la porte, l'autre chat, l'autre mécanique, devrais-je dire, me jetant un œil étonnamment jaune, m'impose le retour à ma place. En fait, d'un seul coup, il y a tout le feu des douleurs qui recommence. Ce qui, évidemment, a pour effet de projeter mon corps en arrière et de le reclouer au siège. Comprenant qu'il n'y a rien à faire contre ces forces liguées, je referme la portière et ne bouge plus d'une ride. Je devine mon visage blafard, à moins qu'il ne soit jaune, comme mes bras et mes mains.

Pendant ce temps, elle, elle n'a même pas réagi ; elle est toujours dans le cercle éphémère devant le corps du vieil homme. Même si je ne la vois que de côté, je perçois bien un drôle de rictus à la fois de satisfaction et de tristesse sous les lunettes noires. Un sourire à la fois glacé et avide, vorace et triomphant. Je pèse bien ces mots, Noémie : glacé satisfait triomphant triste avide vorace.

Dans sa main, je ne reconnais pas l'objet tout de suite, mais elle tient une sorte de couteau à lame recourbée. Et elle se penche sur le corps de l'égorgeur. Je ne vois pas très bien ce qu'elle fait, la présence du valet illuminé me gênant. Ce n'est que lorsqu'elle se relève que je comprends. Que je comprends, oui, mais sans vraiment comprendre. Je vois des gestes, mais leur signification m'échappe, car je ne réagis d'aucune façon lorsque je la vois, solennelle, lever la main gauche en direction du ciel. Ni lorsqu'elle exhibe, aux yeux du fou, ceux qu'elle vient de retirer à l'homme.

Je ne pourrais pas tout te décrire, Noémie ; j'ai sans doute tout vu, mais bien peu retenu. La faculté première de la mémoire, souviens-t'en, est d'oublier.

La fille aux yeux cachés va tracer un cercle autour du corps du jeune père et, toujours me tournant le dos, quête sa denrée à l'aide de la lame recourbée. Mais ce n'est pas tout. Elle a des attitudes qui étonnent, et des gestes qui n'ont rien à voir avec l'ablation. On dirait un rite qu'elle accomplit avec minute et une extrême lenteur. D'abord, il y a les bras qui ont l'air de se croiser sur la poitrine, puis la tête qu'elle enfonce entre les épaules. Aussi, lorsqu'elle se penche, c'est en écartant les pieds et en tenant le dos bien droit. Enfin, après avoir dégarni le corps de ses yeux, elle a ce mouvement vers le ciel, vindicatif, provocateur. Et pour donner à la scène son décorum maléfique, il y a le larbin qui lance des cris de jouissance en sautillant comme un chien fou autour de la prêtresse au regard tamisé. Il scande des mœri, Sangdié, mœri, et des mœri, enqueugné*, qui se répercutent d'écho en écho.

Il est possible que je m'abuse sur ce qui m'est donné à l'esprit, et que tout cela soit le fait de mon imagination. Pourtant, après avoir soigneusement déposé les fruits de sa quête dans de tout petits bocaux qui lui font une ceinture, et que je n'avais jusque-là pas remarqués, il me semble bien que la prêtresse passe à la jeune mère et, ma foi, pose les mêmes gestes. Si seulement elle ne me tournait pas systématiquement le dos. Les bras croisés, la tête enfoncée, les genoux distancés, le dos droit, tout y est à nouveau. Et encore avec l'enfant. Sauf que cette fois je peux l'observer presque de face, et je vois ses lèvres bouger en même temps qu'elle procède à la cérémonie. Mais je n'entends pas ce que la sorcière dit ou récite, je ne perçois qu'un murmure lourd étouffé par le vent qui lui-même fait craquer la carcasse de la bagnole. Alors j'attends qu'elle passe à l'autre fils, l'équeuté, sur le rebord de la fenêtre. Ce qu'elle fait. Mais elle le projette à l'intérieur et pénètre elle-même dans la maison. Pendant ce temps, je reste là, seul dans la jaune avec la mécanique inerte. Je voudrais crier au fils l'assassinat de sa mère, lui parler du corps mutilé. Mais je n'ose bouger, mes mains restent rivées au volant. Je suis là, seulement, sans conviction, le regard perdu dans l'espace magique d'Harbouey.

---

* ...des mœri, Sangdié, mœri, et des mœri, enqueugné : des meurs, Sang Dieu, meurs, et des meurs, malpropre. (NDÉ)

Mais en même temps, peut-être parce que je n'ai plus mal à la tête, ou peut-être aussi parce que mon corps a repris, au cours des dernières heures, un peu plus d'aisance, je me sens un brin ragaillardi. Je suis moins diminué, du moins physiquement, car, dans la tête, c'est le vide. Le jaune total. Le jaune solide. Le jaune noir.

Harbouey ne bouge toujours pas. Il n'y a même personne derrière les volets. Mais où sont-ils tous ? Ils ne se sont tout de même pas volatilisés. Pourquoi ne réagissent-ils pas ? Et les autres, le reste du monde, ne passent-ils jamais par Harbouey ?

Tout ça, ce sont des questions, mais nullement des sentiments, car je suis devenu froid devant l'inextricable. Je ne réagis plus. Je me contente d'observer, au bout de la rue, la race étonnante des conquérants d'Harbouey, ou peut-être du monde. Ils forment une tache sombre que l'hostilité seule, sans doute, ne suffit pas à faire remuer. Entre eux et moi, il y a toujours cette entité mécanique qui me domine du regard, entre vert et orangé. Je ne la regarde pas, ni elle non plus, mais nous nous voyons. Et cela me crispe, me convulse. Dans une réaction à la fois de dégoût et d'autodéfense, le tronc se cambre, les mains quittent le volant et viennent se poser de chaque côté du corps. Cela dure à peine quelques secondes. Puis, le regard inquiet suivant le bras jusqu'à la main droite, je me rends compte que je frôle l'autre mécanique laissée pour débranchée près de moi. Je ne peux résister à l'envie de toucher cet amalgame hétéroclite de fourrure et de mécanique. Alors j'avance lentement la main, comme si de ce geste allait dépendre la... haaa !

Cette fois, le mouvement répulsif est total. Jusqu'à

mes entrailles qui veulent sortir par la voie d'urgence. Une forte bile m'inonde la bouche, je crache sur le sol, la tête entre les genoux et les mains accrochées au chambrale de la portière. La seule pensée de cette fourrure cabossée, de cette lourdeur engrenée suffit à nourrir la nausée. Encore maintenant, Noémie, alors que j'écris cela, il me vient des haut-le-cœur. Ce n'est pas une image que j'en garde, mais la sensation ténébreuse d'un meccano tuffu, d'une sorte de froid à l'état pileux. De milliers de petites pièces mortes.

Alors, comme emporté par un sentiment trop fort pour un organisme diminué, j'attrape la masse cliquetante dont la tête emplit tout juste la main et la lance avec rage dans le pare-brise. Soudain, c'est à la face du monde, absent, que je hurle ma haine. Mais avant même que j'aie le temps de changer de main et de prendre la chose par les pattes, une douleur d'une intensité jamais atteinte me perce le thorax à l'épicentre. Mes tympans hurlent à me faire vibrer les tempes ; jamais chatoiements n'auront été aussi intenses, aussi sifflants. L'espace d'une douleur, je viens de choisir la fin. La fin de tout, du mal comme du bien possible. Aussi je rassemble mon peu d'énergie restante et projette la mécanique à plusieurs reprises dans le tableau de bord et dans les vitres de côté. J'y mets toute ma force et ma mauvaise volonté.

À un moment particulièrement intense de douleur, afin d'atténuer la conscience de la chose, puisque la douleur elle-même ne dépend pas de mon contrôle, et que je ne sais pas même qui en est la cause, je change les hurlements pour des aboiements incontrôlés ; si je n'étais pas si faible, de plus en plus faible, je sens que je me briserais les cordes. Et puis je bûche toujours dans la structure métallique de la jaune. Mais soudain, entre deux gestes saccadés, les paupières à moitié fermées, je vois la déesse noire dans sa jupe rose sortant de la maison, les mains encore portées vers le ciel, et qui regarde dans ma direction. Au même moment, Noémie, le tas de ferraille se met à agiter ce qui lui reste de squelette. Alors je redouble d'ardeur, si cela est possible, et de haine, puisque la force ne semble pas suffire.

La suite est un peu embrouillée, Noémie, je te la raconte plus par logique que par mémoire. Il y a d'abord la chose qui s'éteint, ça, c'est certain, puis je sors de la jaune, plein de... débordant de... je ne sais pas trop au juste. Imbu de vie, en tout cas, ou de son contraire.

Je rugis et glapis à la fois. Je fonce, conduit non par la hargne mais par le besoin de clarifier la situation. Il faut que je sache. Alors l'autre mécanique, me voyant venir vers elle, se plante en travers de la route vers la fille et me fixe intensément jusqu'au fond du crâne. Mais j'avance quand même, plié en deux par la douleur. Pourtant, à mesure que je fonce entre les flots de larmes que la douleur sous-tend, je sens que celle-ci diminue en intensité. Comme si j'étais en train de la vaincre, cette douleur. Je ne la piétine pas encore, mais je sens bien que je la surmonte. L'espoir aidant, sinon me soutenant, je précipite ma marche en avant. Et en un rien de temps qui n'en finit pas, j'arrive à la hauteur de la mécanique. Et là je fonce, furieusement. À vrai dire, je ne sais pas exactement ce qu'il advient de cette mécanique figée, ni de l'insensé de fils ni d'ailleurs de la fille sacrilège, sinon qu'elle me pointe du doigt, et qu'elle entonne un long cri croassant. Elle me hurle, étourdie par la haine, ces mots qui, encore maintenant, résonnent dans ma mémoire :

« Je n'ai, moi,
« Par le sang Dieu,
« Ni foi, ni loi,
« Ni feu, ni lieu,
« Ni Roi, ni Dieu. »

Elle prononce ces mots comme on lance une incantation, croyant m'arrêter par ce geste. Mais j'avance toujours vers elle et son féal avec lenteur mais décision. Les douleurs tombent un peu, restant toutefois fortement présentes. Seulement, là, sans les dominer, bien sûr, je sens qu'elles n'ont plus le dessus sur moi. De plus, je constate que ce renversement de la vapeur n'est pas dû à une nouvelle et soudaine force physique, mais à un soubresaut de volonté, à une puissance toute intérieure, voire cérébrale, de vivre, de débattre ma fin, car, en fait, je ploie sous l'effort. Et juste à ce moment-là, Noémie, tandis que le bouffon à qui je voudrais crier sa vérité s'écrase de lui-même contre le mur de la maison et comme je vais porter la main sur elle, il y a un blanc, un trou épouvantable.

Sans aucun doute, je le sais maintenant, je n'ai pas eu le temps de la toucher. J'ai craqué au dernier instant, j'en suis certain, car la dernière image d'elle, avant que le voile ne tombe, en est une de frayeur, d'extrême crainte. J'ai senti qu'elle ne me tenait plus, et ce n'est que ma subite faiblesse qui l'a sauvée, et m'a précipité plus à fond dans le piège.

Non, Noémie, il n'y a aucune image de cette période de vide. Je sais que ce n'est pas possible, mais il ne m'en reste rien. S'il y a quelque chose qui marque, il y a certainement quelque chose qui efface... Mais je ne sais plus très bien ce que j'écris, le contact n'est plus le même avec le papier.

9

Le rêve est non pas la pensée du sommeil,
mais la pensée du réveil.

EDMOND GOBLOT

Noémie, j'aimerais tant que tu t'éveilles, mais tu t'occupes moins de moi que de ce rêve démoniaque dans lequel nous sommes, toujours poursuivis par l'encyclopédie et compagnie, dans la bibliothèque. Mais c'est insensé, Noémie, tu cherches le suicide, ou quoi ? Faut être le copain de sa vie pour jouer ainsi avec elle ; je te préviens que je suis brouillé avec la mienne. Loin des yeux, loin du cœur, comme ils disent.

Mais le rayon est vide, ah oui ! les livres sont déjà dans la cantine ; j'avais oublié, « Nous n'en avons pas pour longtemps dans ce pays... » Nous retournerons d'où nous sommes venus, comme la terre reprend à l'arbre mort la racine qui l'a fait vivre. Nous repartons bientôt, Noémie, toi et moi, par la taille, seuls ; seuls à la face attendrie du monde.

Comment, pas seuls ? où ça ? je ne vois rien. Ils nous surveillent, tu penses ? C'était quoi, des reliés-cuir ? Ah ! J'en vois deux, ce sont... attention, derrière, devant... trop tard, nous sommes cernés. Réveille-toi, Noémie, réveille-toi... oui, je sais bien que je voulais en savoir davantage, mais je ne veux pas crever comme ça. Je sais aussi que c'est toujours bête de mourir. Mais... Ils ne nous attaquent pas, Noémie, ils nous obligent seulement à les suivre. Mais où ? Pas... ah non, pas la cantine ! Mais réveille-toi donc, ne souffres-tu pas assez comme ça ? Ton corps ne supporte plus les fantaisies de ton cerveau. Non, pas la cantine. Je refuse. Non. Réveille-toi, Noémie. Ça leur apprendra.

Allez, Noémie, réveille-nous, c'est ça, là... calme... douce, c'est fini. Regarde dans quel état tu t'es mise. N'y pense plus, oublie ce rêve, ne le refais pas. Oui, c'est ça, fumons une cigarette. Mets ta tête contre mon épaule, mon oreille est à l'écoute de ton cerveau.

Noémie est épuisée, vidée, elle s'est endormie en laissant tomber la cigarette allumée sur le parquet. C'est l'odeur qui m'a alarmé, j'ai crié « Noémie, ça sent le brûlé », et elle s'est éveillée en sursaut, larmoyant et multipliant les gestes nerveux. Puis elle s'est assoupie à nouveau sans que j'entrave sa fuite vers le rêve, qu'elle refait sans cesse. Comme moi, elle a besoin d'en connaître la fin. Mais moi j'ai décidé de ne plus traverser ce rêve, et pour cela, de ne plus dormir jamais. Je sais que Noémie en souffre pour deux, mais je n'ai plus la force de la prévenir contre le mal, car je suis vaincu, anéanti.

Noémie, le rêve ! encore lui, déjà ! L'épisode de la victoire ? Je ne connais pas cet épisode. La victoire de qui ?

Le double pense avec amertume à ce roman de science-fiction qu'il n'aura pas le loisir de terminer, il en entrevoit la fin sans pouvoir la palper. C'est l'histoire d'un jeune médecin qui découvre que l'homme que le gouvernement lui a demandé de garder secrètement en vie n'est autre qu'un fasciste notoire qui a la faculté, par la seule force de son cerveau, de provoquer le chaos à l'échelle mondiale ; jusqu'à la fin, dans l'espoir de je-ne-sais-quoi de meilleur au moment du grand recommencement, le savant garde le facho en vie. C'est sur ces pensées fictionnelles que le double, agacé par le peu de temps qui reste, lance, pêle-mêle, les derniers livres dans la cantine. Or, c'est en profitant de la confusion qui s'ensuit dans la cantine que Noémie et moi arrivons à nous échapper *in extremis*, tout juste comme le double, ignorant de ce qui se passe autour de lui, referme le couvercle.

Ça *boume* là-dedans. Il y a partout des fachos, des révolos, des révisos et des salauds opportunistes qui attendent que ça penche d'un côté ou de l'autre. Et parmi ceux-là, il y a même des BD, quelques-uns de mes si tant beaux albums lus et relus si tant de fois.

Mais pourquoi t'éveilles-tu affolée, Noémie ? Qu'y a-t-il ? Nous se sommes pourtant plus en danger dans le rêve. À moins que tu n'en connaisses la fin.

Le double marche vers la table de travail. Et puis ? Il s'assied, oui, ensuite ? Ensuite, Noémie... Faut-il que je t'arrache tout, indice par indice, mot par mot ? Il met les derniers livres dans la cantine, je sais, il revient à la table de travail et y chiffonne quelques papiers inutiles. Il ne garde que cette pile soignée portant un récit bien étriqué, et pas tout à fait terminé. Puis il enfouit les derniers livres dans la cantine, y compris Grevisse et l'encyclopédie, je sais-je sais... Tu rêves tous azimuts, tu avances de deux pas, tu recules d'un.

Tenant le manuscrit d'une main, le double rase la table en passant brusquement le bras sur la nappe de plastique qui la recouvre. Radio, lampe, pot de fleurs, porte-crayons, tout y passe et dégringole sur le plancher dans un vacarme que le silence des petites heures amplifie. Et toi, Noémie, tu t'éveilles brusquement, comme attirée de force dans une dimension oppressante, et interrompts inopinément le rêve. Mais non, ce n'est rien, calme-toi, repose ta tête, c'est ça. Rendors-toi, que le double dépose doucement le manuscrit sur la surface dégagée.

Il attire à lui une feuille vierge, prise sous le paquet, reprend le Markins 306F sur l'oreille, enlève le capuchon et reste là, la fine pointe feutrée suspendue au-dessus de la feuille. Mais il n'écrit pas. Il revit des instants difficiles dont il doit forcer le souvenir. Il attend, face à la nuit.

10

La science que j'ai apprise sans fictions,
je vous la transmets sans regret.

ALBERT LE GRAND

Noémie, tu le sais, c'est à propos de ceci qu'ils ne m'ont pas cru ; toi-même, d'ailleurs, n'as-tu pas hésité longtemps avant que de prendre mon histoire au sérieux ? N'as-tu pas attendu que ces maux t'assaillent à ton tour ? Mais je ne veux pas revenir là-dessus. Écoute seulement, et encore une fois, ma version des événements, version, tu le remarqueras, qui n'a pas changé d'un iota depuis le premier récit que je t'en ai fait, ainsi qu'aux policiers incrédules.

Lorsque je sors du noir... je sais, j'emploie d'autres mots et réfère à d'autres images, mais le récit reste le même, Noémie... lorsque je sors du noir, donc, après avoir perdu conscience au moment de porter la main sur la sorcière, il y a un violent éclat de lumière, pour ne pas dire tout de suite de soleil, qui agit sur mon visage endormi. J'ouvre alors les yeux, comme agressé jusqu'à l'intérieur de la tête ; et comme je ne peux supporter ce faisceau lancinant qui darde mes paupières closes jusqu'à les transpercer, je me jette rapidement sur le côté et tombe en bas d'un lit très ancien dont je ne reconnais sur le coup ni la signification ni le style vénitien du XIVe. Aussitôt une porte se referme derrière moi dans un bruit lourd et feutré, en même temps que métallique. Comme une porte hermétique... dans ce lieu inattendu.

Alors je reste là, étendu sur le sol d'une pièce, Noémie, que tu ne peux vraiment imaginer, bien que je te l'aie décrite tant de fois déjà, et avec force détails. La température est relativement basse, et d'une étrange stabilité. Les fenêtres sont d'un vert épais, parfaitement translucide et sans déformation aucune. Les murs sont de bois rougi par le temps et le plafond est soutenu par des poutres solides. L'air circule sans que l'on sache trop bien s'il s'agit de science ou de magie. La poussière non plus n'est pas de ce monde.

Je reste un très long moment assis sur le sol, Noémie, le corps replié, à la fois vidé et plein d'énergie. Et pendant que je m'étonne qu'il me reste ainsi quelque force, et cela malgré ces... je ne sais combien de jours sans manger, je sens, avec mon front posé sur le revers de mon bras, une série de gales au-dessus du poignet. Une série de sept, huit, onze, douze, seize, dix-sept piqûres alignées sur une grosse veine. J'examine cette veine soigneusement, du bout du doigt, jusque dans ses moindres replis, ce qui me permet d'en compter encore quelques-uns, de trous. Puis j'examine l'autre bras sans rien y trouver d'anormal, je me tâte le cou et fouille le poil de mes jambes. À force d'insistance, j'en viens presque aux contorsions.

Ce qui m'entoure, Noémie, je te l'ai dit tant de fois, est trop extraordinaire pour être simplement décrit avec des mots. Mais puisqu'il n'y a que ce moyen, du moins en ce qui me concerne, il faut bien que je te nomme et te situe les choses.

D'abord mon œil ne peut que tomber sur l'objet de mon réveil brutal. Il s'agit d'un miroir parabolique d'assez grande taille et datant, elle ne me le dira que plus tard, du XVIe siècle. Cet objet laisse une impression... de fuite. Comme chez celui qui, s'abreuvant à la source, voit l'eau lui filer incessamment entre les doigts. On y sent l'odeur du temps, celui qui, indifférent au présent, va directement du passé au futur. Il y a aussi ces automates qui laissent inconfortable, en particulier cet inédit de Jaquet-Droz, une sorte de claveciniste miniaturisé et inachevé dont le sexe est indéterminé. Privés de cette illusion de vie, ces automates deviennent étrangement inquiétants.

Mais je voudrais procéder par ordre, Noémie, ou du moins décrire les choses avec efficacité et sans trop de lyrisme. Ces jours derniers, j'ai tenté de dresser la liste la plus complète possible, même si de mémoire, de tout ce que j'ai vu dans cette pièce. Je la joins, à ce récit, Noémie, tu jugeras toi-même de son utilité*.

À côté du grand miroir parabolique, il y en a un autre, plus petit, qui lance son reflet de soleil sur un tableau animé du XVIIIe sous lequel se retrouvent d'ailleurs, sur une table Louis XV, et dans un désordre certainement calculé, quelques lots de mercure dans des creusets, des alambics, plusieurs ballons, matras, vaisseaux, aludels, cornues, etc. Et deux colonnes distillatoires. La simple vue de ces objets ralentit le cycle de

* Cette liste n'était pas contenue dans le manuscrit. Par contre, il est clair que la majeure partie des trois fragments qui suivent, dans ce chapitre, a été écrite d'une autre main, peut-être par Noémie ou par le Pierot-de-peu-de-sens. Ceci expliquerait l'avalanche de détails historiques ajoutés à ces pages, ainsi que la disparition de ladite liste. (NDÉ)

mon sang et engourdit mes articulations. L'effet vient peut-être des automates, ou de ces livres moyenâgeux propres comme neufs. Mais il y a aussi, et surtout je crois, l'épuisement dû aux événements des derniers jours, et ma présence dans ce lieu d'une autre époque, pour ne pas dire, plus simplement, ma présence dans une autre époque. Ou dans d'autres époques.

Oh ! je sais bien que je ne suis pas sorti de l'aventure et que je suis toujours dominé, possédé. Je sais aussi que j'enfonce de plus en plus mon esprit dans le piège, comme mon corps sans défense, et mon âme. Mais maintenant, cette force qui m'accable est personnalisée. Je sais qui je combats, même si je ne sais pas encore exactement pourquoi. À moins que ce ne soit que pour ma propre vie... Mais en vérité, Noémie, je n'ai pas le temps de m'attarder à ces raisonnements, car la pièce qui me tient prisonnier est par trop extravagante pour que ma pensée s'en détache. Tu sais combien les littératures ésotériques m'ont toujours passionné, et combien de nuits j'ai consacrées à l'Histoire de notre millénaire pauvre et riche à la fois, et presque achevé. Toi seule, donc, autant que moi peut mesurer le poids de cette implacable, de cette irrésistible fatalité.

Et puis, il faut dire que cet univers confondant force à la contemplation béate, ce qui me convient, car je n'aurais de force pour un plus grand effort.

Frissonnant, non par de peur, mais de l'inhabitude de ce genre d'inquiétude, je parcours des yeux de nombreux objets en m'attachant naïvement aux choses qui me sont déjà connues, comme l'étudiant, à la veille des examens, qui ne revise que ce qu'il sait déjà pour se donner du courage.

Il y a, tout autour, exposés à la vue comme dans un musée, des amulettes, des talismans, des pentacles, plus loin, un jabot pendu à un clou et partiellement recouvert d'un bonnet phrygien devenu gris avec les siècles. Une lanterne magique. Deux pendules à coucou, deux tabatières à automates, quelques singes musiciens sur un socle de bois. Une petite tapisserie brodée dans le style Bayeux, une autre, plus large, de Beauvais et datant vraisemblablement de la fin du XVIIe. Et de multiples gravures... Un Jean-Baptiste de La Salle datant du XVIIIe, des Microcosmes et Macrocosmes des XVe, XVIe et XVIIe, des bacchanales du XVIe, des Adeptes et des spagiristes dont l'un à l'athanor après une coction ; d'autres gravures, de Bosse, de Silvestre, de Gautier, de Lefèvre, de Leclerc, quelques autres sans doutes de Trière ; Pernelle dans un cadre bordé d'or et daté de 1382 ; des figures symboliques, dont quelques Rose-Croix; un ouroboros enluminé du XVe. Une dizaine de Retables des Merveilles et de nombreuses imageries de Pellerin, d'Épinal. Et puis une miniature de Jacquemart, et ce que je crois être le canard de Vaucanson, cet automate qui fit se déplacer les plus grands hommes du XVIIIe siècle. Aussi des surtouts de table de Cyfflé, quelques plans enroulés, de Guibal, des esquisses de Claude Gellée et de Jacques Callot, des plans de décor de Torelli.

Tout cela est morbide, propre mais grisonnant. Il y a non seulement la marque d'un temps passé, mais surtout une manière d'être et de penser si différente, j'oserais dire si naïve ! voire primitive, que cela rend ces objets insupportables. Et c'est d'ailleurs la gorge serrée et les mains moites et crispées que je commence à regarder les livres.

Les livres sont jaunis par le temps. Les couvertures s'effritent. Il y a d'abord des titres que je connais bien, comme l'*Encyclopédie* de Diderot, une *Bible* de Gutenberg de 1456, la *Grammaire générale et raisonnée de Port-Royal*, d'Arnauld, l'*Opuscule de la philosophie naturelle des métaux*, de Denis Zachaire, dans sa version de 1567, *Flamenca*, ce roman anonyme du XIIIe. Puis des textes dont les titres ne me sont pas inconnus, mais dont l'ensemble, dans leurs versions originales sinon anciennes, n'est pas sans me replonger dans l'inquiétude. *La Démonomanie*, de Jean Bodin, datant de 1580 ; *Le Dictionnaire infernal*, de Collin de Plancy ; l'*Anti-Christ*, de Florimond de Raemond, dans son édition de 1597 ; les *Discours* de Boguet ; la *Chronique* de Philippe de Vigneulles ; *Les Jours caniculaires*, de Simon Majole d'Ast ; le *Traité des Chiffres*, de Blaise de Vigenère ; le *Discours des Spectres*, de Pierre le Loyer. *Sadducismus Triumphatus*, de Glanvil, *Quæstiones Medico-Legales*, de Zacchias, *De Lanies et Phitonicis Mulieribus*, d'Ulrich Molitor, *Historia de Gentibus Septentrionalibus, Opus de Magica Superstitione. A Treatise of Witchcraft.*

Et finalement quelques textes ésotériques que je connais moins bien, comme les *Opus** de Roger Bacon, *De natura rerum*, de Paracelse, le *Discours prouvant la pluralité des mondes* , de Pierre Borel, les *Conclusions philosophiques*** de Jean Pic de la Mirandole et le *Char de Triomphe de l'Antimoine*, de Basile Valentin, dans sa version de 1604.

---

* *Majus, Minus et Tertium.* (NDÉ)

** *Conclusionae Philosophicae, Cabalisticae et Philosophicae* (1486). (NDÉ)

Et c'est au moment où je vais ouvrir le *Char de Triomphe* que la porte s'ouvre derrière moi dans un léger grincement. C'est la silhouette inquiétante aux lunettes noires, mais... comment dire, Noémie, comme rajeunie. Tu sais, il y a deux périodes de l'adolescence, l'une qui tend vers l'enfance, et l'autre qui tend vers une morphologie adulte. Eh bien, la fille, c'est bien cela, aurait comme fait la démarche inverse. Elle serait plus juvénile qu'à Harbouey, et encore plus, c'est là que je m'en rends compte, que lors de notre première rencontre, sur la place de Blâmont. Mais je n'ai pas le temps de revenir de ma surprise qu'elle m'en impose une plus énorme encore. Elle parle. « Cela vous intéresse ? »

Oh ! ça n'a rien de bien extraordinaire en soi, j'en conviens, mais il fallait entendre sa voix, Noémie, une voix cabossée, grêle, vibrante et presque métallique. Comme un vieux haut-parleur sans résonnance. Une voix éteinte de vieille, de très vieille femme. Noémie, comment décrit-on une voix bien plus que centenaire ?

Bien sûr, encore une fois, je reste figé, sidéré. Je ne réponds pas à la question. Alors elle commence de parler, et plus elle met des sons et des sens, plus je sens que tout mon être rejette sa présence. Mais puisqu'elle me domine...

11

La rêverie avec le doigt contre la tempe
Et les yeux se perdant parmi les yeux aimés.

PAUL VERLAINE

La faiblesse est source de haine, Noémie, aussi engendre-t-elle la crainte et le mépris, et plus souvent la guerre ouverte. Je viens de comprendre cela. Et je viens d'apprendre aussi qu'il n'est de plus redoutable domination que celle qui cache ses mécanismes, qui se déguise en bouffon. Noémie... Qu'est-ce qu'il y a ? C'est ce rêve encore. Tu en revois encore la fin, c'est ça n'est-ce pas ? C'est le double...

Il écrit toujours, le double, il veut mener à terme son projet d'écriture avant la fin de la nuit et rejoindre le présent. Ce n'est donc pas encore le lever du jour, Noémie, puisque ce travail tire encore de l'arrière. Fais-le moi savoir lorsque le double aura mis fin à son récit, je veux comprendre ce qui t'arrache ainsi à toi-même, et au rêve. Aussi, je suis curieux de ce que le jour apportera avec lui.

Il y a sans doute, Noémie, sur les buildings voisins, les premières lueurs du jour se confondant aux dernières de la nuit ; le soleil tente d'émerger de derrière l'horizon tandis que la lune se laisse lentement tomber dans l'inconnu. On dirait la nitescence de deux lampions au milieu d'une cathédrale somnolente et grise. Le jour est donc pour bientôt, Noémie, tant dans le rêve que dans la réalité. Nos récits, celui du double et le mien, arrivent à leur terme. Alors quoi ? Que fait-il, le double ? Il attend. Il attend quoi ?

Les mains jointes de façon profane, toutes épaules rentrées, le torse las mais raidi, les pieds croisés mais les genoux écartés, il oppose son visage troué à la face de la nuit qui s'achève. Puis, soudainement et sans avertissement, il ouvre le tiroir de la table de travail de sa main droite et fouille entre les papiers. Bientôt il en sort un lourd objet métallique à chargeur et à canon qu'il tâte un long moment avant que de se le pointer sur le cœur, comme pour provoquer le jour à venir et les douleurs qu'ils sous-tend.

Tant de fois j'ai consacré des nuits blanches à lire ou écrire, et toujours, aux premiers rayons du soleil, j'ai ressenti ce mal bienfaisant et étrange qui assèche la gorge et crée un sentiment de vide dans l'estomac ; tant de fois ai-je puisé, je ne sais où, un second souffle pour passer de lune à soleil, d'hier à aujourd'hui et d'aujourd'hui à demain. Mais jamais la quête d'un second souffle ne fut plus malaisée que maintenant, et pourtant, je n'ai plus besoin que d'une toute petite infusion d'haleine, à peine de quoi lancer quelques cris contre l'humanité endormie.

Alors, Noémie, ce rêve, le voilà ! Et c'est le double qui l'anime encore. Il a retiré la pointe du canon de sur son cœur, il attend, sans impatience, sans vraiment d'inquiétude, non plus que d'indifférence. Ses mains parcourent les formes de l'arme, puis il en pointe le canon, cette fois, en plein creux de son estomac. Et il laisse encore venir le temps au-devant de lui, comme s'il se laissait une dernière chance, ou comme s'il attendait le signal d'un départ.

L'instant est toujours à venir, qui n'est jamais tout à fait là, jamais tout à fait présent. Le double sait cela, il le sent dans son corps autant que dans son cerveau. Oui, Noémie, aussi dans son corps, car il sait que sa fin est proche, qu'il n'a plus de chance de s'en tirer.

Le récit de l'aventure, qu'il voulait opposer au mal, ne l'a pas soulagé. Il sait que dans quelques minutes, en même temps que le lever du soleil, une enfant rebelle et un fou ressuscité, quelque part, s'acharneront une fois de plus contre lui. À moins que ce ne soit le soleil lui-même qui...

Alors il repousse l'arme de son corps et, aussi lentement qu'un rituel puisse le permettre, il pose l'extrémité du canon sur la tempe droite. Cette effroyable froideur le saisit, mais il ne l'affiche guère. Il attend.

12

Victorieuse sans avoir jamais frappé.

Elle est près de moi, si près que cela m'indispose. Elle a ouvert le *Char de Triomphe* et me parle, avec plein de détails, et en me mettant d'autres vieux manuscrits sous le nez, de ces textes si beaux, si géniaux de Basile Valentin, manuscrits qu'elle aurait elle-même trouvés, la folle ! dans la colonne brisée par la foudre de la cathédrale du monastère bénédictin d'Erfurt à la fin du XVIe siècle. Et le pire, c'est qu'elle ne cherche pas à me convaincre, mais elle espère quand même me faire avaler ça. C'est un peu gros, Noémie, tu en conviendras. Mais que puis-je contre ces lettres qu'elle me montre tout naturellement, des lettres du comte de Saint-Germain à elle et à Don Antoine, de clients de Strasbourg, dont elle, à Cagliostro, datées de 1780-1781, d'échanges de lettres entre Arnauld de Villeneuve, Roger Bacon, Albert le Grand et elle, toujours elle. Entre Paracelse, Roger Bacon et elle. J'en encaisse de toutes les couleurs et de toutes les formes. Quelques poèmes originaux de François Villon, par exemple, dédiés à Jeanne-maîtresse-des-magies. Un portrait d'elle signé Aken* et daté de 1490. Elle, toujours elle !

---

* Hiëronymus Van Aeken (ou Aken), dit Jérôme Bosch. (NDÉ)

À travers l'Histoire, défiant le temps, et le bon sens.

Mais ce n'est pas tout. Inconsciente ou non-satisfaite de son effet, je n'en sais rien, elle sort la *Gazette de France* de 1631, la *Relation de Strasbourg*, des manuscrits grégoriens du début du XVe siècle. J'en ai jusque-là, Noémie, et j'en oublie, car elle en exhibe sans arrêt. On se demande bien pourquoi. Et pendant ce temps, pauvre type que je suis, il ne me vient même pas à l'idée de porter la main sur elle et de lui fermer sa sale gueule de menteuse.

Elle essaie quand même de me raconter quelques épisodes de sa vie, comme si on pouvait appeler ça une vie. Et comme l'hébétude entraîne l'hébétude, et comme je vais de surprise trop grande en surprise incroyable, je ne peux, à mesure qu'elle radote, que refuser le tout d'un bloc, comme si elle n'avait jamais existé. Et puis, je m'en crisse, de ses candélabres du XIIe siècle, de son cristal de la fin du XVe, de sa chambre noire du XIIIe. Et quoi encore ? Böttger lui a donné de la porcelaine. John Dee du verre et un vase de Marie la Juive dans lequel elle laisse en permanence un *penny* anglais, en or, de 1344. Et puis quoi ? Je ne peux ni résister ni répondre à tout cela, évidemment, et elle le sait trop bien.

Ses essais de Guyot Marchant pour la *Danse des Morts,* ils sont écœurants. Ses jeux de tarots des XVe et XVIe siècles, ils ont bavoché. Sa *Bible* moralisée de Saint Louis, de 1522*, celle xylographiée et ses autres incunables et estampes religieuses, elle peut se les renvoyer *right back*, chez sa grand-mère Mathusalem. Qu'est-ce que j'en ai à foutre qu'elle ait fréquenté

---

* Sans doute plutôt 1252. (NDÉ)

Michel de Notre-Dame, dit Nostradamus, ou que sa mère ait connu Marie la Juive, inventeur du bain-marie*. Et je le lui lance à la figure, en même temps que quelques marionnettes dansantes sans mécanismes de la fin du XVIIe siècle.

Alors, rouge de fureur, non pas à cause de ce geste dirigé contre elle, mais plutôt du manque de respect pour ces temps dont elle a le regret, elle lève le nez et fixe sur moi ses prunelles glacées. Aussitôt, complètement à sa merci, mes muscles se ramolissent et je me répands sur le sol. Quoique parfaitement conscient, je n'arrive pas à bouger. Je ne peux user de mes membres. Toutefois, mes sens, eux, voient leur capacité multipliée. En fait, le moindre son me perce le tympan, toute couleur, même la plus fanée, ou le plus faible mouvement devant les yeux suffit à fatiguer mon nerf optique, le plus minime déplacement d'air me flagelle la peau. Toute senteur, soit-elle à peine perceptible, produit des picotements dans le nez et me fait lever le cœur. Ma salive même me donne soif.

Je suis seul. J'ai les yeux fermés afin d'endiguer l'agression des douleurs ; et comme il n'y a pas de bruit, on peut dire que je ne souffre pas de ce côté-là non plus. Mais il y a cette circulation étonnante d'air tiède qui me varlope la peau, et ces odeurs disparates et intenables des objets et des livres anciens qui me tiennent le cœur dans la gorge en même temps qu'elles me succionnent le nez jusque derrière les yeux. Et puis, je te l'ai déjà dit, il y a ma salive qui m'assèche le gosier jusqu'à l'estomac. Je voudrais vendre mon âme

---

* IVe siècle. (NDÉ)

au diable ou demander grâce à l'Œuvre, n'importe quoi pour en finir, mais je n'ose pas émettre le moindre son. Je ne peux pas.

Et c'est cet instant très précis, tu le devines, Noémie, qu'elle choisit pour ouvrir la porte derrière moi et s'introduire à pas dynamités. Cela gronde en profondeur dans l'organisme. Puis, comme cela est venu, cela s'en va. Les sens réintègrent soudainement leur niveau habituel de perception, comme si rien ne s'était passé. Sans laisser de trace. Est-ce possible ?

De plus, au même instant, et de la même manière, les muscles indiquent qu'ils sont prêts à l'action. Là, les événements se précipitent. D'abord il y a un court espace de temps durant lequel elle émet quelques sons articulés. Une phrase. Quelque chose comme « À toi maintenant ». Ou peut-être autre chose du genre, cela n'a pas d'importance ; je crois deviner que ces mots s'adressent au Rabourous-de-peu-de-sens*, qui d'ailleurs sort de la pièce en toute hâte. Alors mon regard se pose sur elle, peut-être en quête de pitié, ou plus simplement d'une explication. Soudain je vois, le long de sa jambe, lié à sa ceinture de petits bocaux par une courte chaînette, cet objet, cet instrument inhérent à l'image que je me fais encore d'elle ; cela tient à la fois du couteau et de la cuillère. C'est l'outil de son rituel.

Alors, sans doute parce qu'averti de l'usage de l'objet, et ayant encore en mémoire les effets du pouvoir de la fille aux verres épais, je lève brusquement le pied, tentant de la heurter au visage. Mais mes muscles, bien que ragaillardis, n'en montrent pas moins une bien piètre coordination, aussi ne reçoit-elle qu'un assez

---

* ...au Rabourous-de-peu-de-sens : au cultivateur-de-peu-de-sens. (NDÉ)

faible coup. Mais, et cela, Noémie, la situation du double de ton rêve en est le résultat, elle en perd ses lunettes noires. Et c'est là la pierre d'achoppement de cette malencontre, Noémie. Tu sais bien pourquoi.

En fait, comme ses lunettes noires lui glissent du nez, apparaissent deux espèces de soleils intensément jaunes, qui viennent me brûler l'iris et m'écorcher les paupières.

Jusque-là, Noémie, ma peau avait vu de multiples taches jaunes se multiplier sur elle, aussi le monde autour de moi se teintait-il progressivement de la même jaunissure. Mais là, il n'y a plus que du jaune, que cette dorure, que cet ambre verdissant. Et cela dure un long moment, où terreur et absurde se fondent dans un éclat incadescent, car je ne distingue rien d'autre, sur le coup, que cette magnitude infinie, que ce miroitement intenable. Alors je me lance à la renverse et vais culbuter dans une tête mécanique qui se met aussitôt et sans interruption à scander sa phrase rauque, sèche et grinçante : La Paix couronne le Roi de Gloire La paix couronne le Roi de Gloire La Paix...

Quelques secondes passent ainsi, où je me frotte les yeux en faisant pénétrer les ongles sous les paupières. Puis, toujours poursuivi par la Gloire couronnée du Roi de Paix, je fais un ultime essai en ouvrant démesurément les paupières et en cherchant la fille aux yeux de feu dans la pénombre jaunissante. Je la vois. Je la vois comme l'aigle passant à travers le soleil, comme une petite tache noire et inquiétante. Mais au même moment, d'autres bruits grinçants de voix et de gestes mécanisés viennent m'agresser.

C'est elle, la magicienne, la sorcière, cette enfant toujours rajeunissante. Je te le jure, Noémie, c'est elle, l'enfant de la chienne soleil qui remonte tous les coucous, qui met les marionnettes dansantes en marche, ainsi que d'innombrables petits bonshommes qui grincent, chuintent et tintamarrent. L'orgue de Barbarie crisse, les petits oiseaux craquent, le canard de Vaucanson caquette et picore du guéridon Louis XV dans un cliquetis insupprotable.

Assailli ainsi de toutes parts, je me lance à corps perdu sur la source du mal. Oh ! je ne choisis pas l'offensive, je ne décide pas de passer à l'attaque. Cela s'impose, seulement. Alors, en deux enjambées, les mains jointes en marteau-pilon, j'arrive à la hauteur de la fille qui fait tourner une clé derrière un socle soutenant un couple de singes danseurs de menuet. Sentant probablement ma présence, elle amorce un demi-tour en se relevant, double geste que j'interromps d'un coup derrière la nuque.

Aussitôt, sans doute alarmé par le vacarme rythmé des automates, ou peut-être même par le seul sentiment du malheur proche, son samouraï-de-peu-de-sens, bave aux lèvres et fureur au menton, ouvrant la porte hermétique d'un geste puissant, car il est fort, se dresse entre la liberté, ou du moins ce que je crois être la liberté, et moi. À la vue de sa maîtresse étendue sur le sol, le corps déployé en croix de Saint-André, souffrant de toute évidence autant dans son corps que dans son esprit, il se lance sur moi, non pas avec le désir, mais avec l'ultime besoin de me tuer. Encore jusqu'à récemment, d'ailleurs, il n'eut d'autre pensée que de m'exterminer, de me réduire en cendre.

Je n'ai plus aucun souvenir de la bataille qui s'ensuivit. Je sais seulement que lorsque je l'assommai avec un chandelier vénitien, il se répandit par terre à son tour. Puis que le sang coula de son nez et de sa bouche.

Je n'éprouve aucune compassion pour ces deux corps qui gisent à mes pieds, ni pour celui, enfantesque, de la magicienne, et encore moins pour celui de son Quasimodo. Quoi qu'il en soit, je ne reste pas plus d'une fraction de seconde à la contempler, car au milieu de ce vacarme incessant et grinçant, croyant qu'il vaut mieux sortir par la fenêtre afin de ne rencontrer aucun autre larbin possédé par elle, s'il en est d'autres, j'empoigne une chaise vénitienne et la projette à trois ou quatre reprises dans le verre épais de la fenêtre. Je ne mets pas de temps à comprendre que cela ne me sert à rien ; je me résous à utiliser la voie normale.

Mes gestes sont imprécis dans ce brouillard caverneux où le vert de gris côtoie l'ocre et l'ambre. Je bute donc sur le cadrage de la porte, mouvement qui m'oblige à faire quelques pas à reculons et sur une seule jambe avant que d'empoigner une autre clenche. Ébloui, Noémie, et cela, tu le sais, ne me quittera plus, croyant rejoindre la sortie, je me retrouve dans un lieu plus étrange encore que le précédent. Là, ce sont les appareils modernes qui côtoient les éprouvettes et les mécaniques, les seringues. Apeuré plus que jamais, surtout à la vue de quelques mécaniques félines inanimées, je sors en vitesse, la sueur aux fesses, mais non sans avoir eu le temps de revoir cet objet, cet appareil étrange, comme un micro d'interview relié à une machine quelconque pas un fil noir et pointé sur ma gueule bien épinglée au mur.

Lorsque je comprends vraiment ce qui se passe, et ce que cela implique, je suis déjà dans l'escalier. Mais je me refuse à tout retour en arrière. Mieux vaut le piège loin de soi, même si dans son dos.

La suite, Noémie, est extrêmement vague. D'un flou qui m'agace encore. En réalité, j'en conviens, j'ai bien quelques images qui me permettent de croire que j'ai longé, tout enluminé dans la tête, de très longs murs de pierre et de ciment comme ceux qui encadrent les hôpitaux, puis que j'ai longtemps, du moins me semble-t-il, marché sur une route asphaltée, bordée de gravier, pour enfin m'aventurer en pleine nature, dans les branchailles, les ruisseaux, les clôtures barbelées, dans la froideur aigre de la pluie et entre les coups de tonnerre.

Cela m'a laissé un arrière-goût de cauchemar Noémie, comme à la sortie d'un rêve oppressant, obsédant, un mauvais rêve presque sans souvenir, et qui ne laisse que des impressions de vague, de cruauté et de grands efforts inutiles, un rêve qui s'estompe tout en laissant songeur dans le petit matin humide. Je sais aussi qu'à partir de ce moment, les douleurs au plexus ne m'ont plus quitté, qu'elles se sont amplifiées en même temps et de plus en plus, que... que-que... Depuis le long mur de ciment, Noémie, que je sens cette poursuite farouche, sans répit, comme un souffle courant dans mes pas. Et puis il y avait les sons, plus clairs qu'ils ne l'avaient jamais été, des sons différents des précédents, plus précis, plus signifiants, une sorte de long hululement nasalisé et consonné, comme une invitation à la lenteur, rendant chacun de mes gestes plus pénible, plus harassant.

Tout cela, Noémie, reste bien vague. Je sais seulement que, le lendemain matin, envahi par cette brillance jaune qui ne me quitte plus encore aujourd'hui, et c'est pourquoi je ne vis et n'écris plus que la nuit, j'ai entendu des voix qui parlaient de moi. Ceux-là, on me l'a dit, étaient des camionneurs qui s'étaient arrêtés pisser un coup à la hauteur de Gogney. Et moi j'étais là, près de la route, les pieds dans un ruisseau agité et la tête dans la boue. Ils ne m'ont pas touché, Noémie. Les policiers aussi, plus tard, ont hésité. On répugne toujours à prendre dans ses bras, comme ça, un homme dont les yeux ont été exorbités, arrachés, ne laissant que deux trous noirs bordés de sang.

C'est dans de telles circonstances, Noémie, comme devant la mort, qu'on arrive à résumer une vie entière en accéléré, comme un tapis qui se déroule en descendant les marches d'un grand escalier. C'est dans ces moments, aussi, que certains points de cette vie s'illuminent et apparaissent comme autant de signes prémonitoires. Comme si la vie elle-même n'était pas une gigantesque prémonition de la mort.

Encore étendu par terre, j'entendais des voix ; des policiers sans doute qui, avertis du massacre d'Harbouey et croyant trouver en moi le fomentateur de cette boucherie, parlaient de disculpation par automutilation, comme cela s'était vu dans tel journal du matin, dans tel dossier ou dans tel livre d'introduction à la criminolodie. Le sort et l'univers entier étaient déjà contre moi.

Cela, et toute cette aventure fantastique, me rappela mes années de collège alors que, à cause de mes poèmes virulents et de mon esprit introspectif, souvent masochiste et toujours à tendances salvatrices, on m'avait baptisé, assez cruellement d'ailleurs, comme seule l'amitié sait le faire, le Jésus-du-Diable.

13

Le treizième arcane du Tarot n'a pas de nom ; il n'en a pas besoin, puisqu'il représente la mort.

C'est surtout durant la nuit que l'inconscient se libère, or, lorsque jaillit la lumière du jour, le quotidien engloutit ce sentiment de liberté, et le cauchemar, souvent, s'étire tout au long d'une vie.

Le double s'impatiente, Noémie, car toute sa vie défile rapidement dans son esprit. Et puis, il y a le jour qui se lève, et en même temps que le soleil apparaît dans le ciel, il surgit aussi dans son cerveau. Il n'a pas réussi à exorciser le mal par son récit, et les douleurs, peu à peu, le submergent. Et cela le fait trop souffrir pour qu'il puisse envisager quelque autre incantation du genre.

C'est bien cela qu'il envisageait, Noémie, n'est-ce pas ? La réponse à son entreprise est là : cette ultime tentative ne l'a pas débarrassé, comme il l'escomptait, de ce soleil qui brille dans son cerveau durant toute la partie éclairée du jour, cela n'a pas chassé l'éclat d'obus dans sa tête. L'antévierge et son fidèle incongru le possèdent, me possèdent vraiment. Tout cela n'est pas le fruit que de mon imagination. Ils me possèdent de corps et d'esprit, même si mon âme tient entre les seins de Noémie.

Lorsque l'on parle de mort, c'est qu'il y a quelque chose de beau qui s'achève, sinon, on dit qu'il s'agit d'une délivrance. Mais dans un cas comme dans l'autre, c'est l'existence qui disparaît, qui est détruite. Et il n'y a pas d'autre solution, pense le double... que la délivrance. Sa résistance n'a que trop duré. Il n'a plus la force de soutenir le siège, non plus que d'espérer même. Alors il repousse l'arme de sur sa tempe et, sans interrompre le geste, tout comme s'il l'avait pensé depuis longtemps, et pour aussi en marquer l'inéluctabilité, il amène la canon devant son œil droit, du moins devant l'orbite qui en reste. Puis il le fait très légèrement pénétrer dans le trou noir, oh ! très légèrement. Et alors, juste avant que de tirer, il laisse courir sa main gauche sur le bois verni de la table jusqu'à la pile de papiers, Noémie... que j'entraînerai avec moi dans ma chute.

Troisième partie

Annexes

Quand i n'é et eune pièce é let concrégâtion de mes vieux sotrés je te vré quouérir.
(Quand il y aura une place dans la congrégation de mes vieux diables, j'irai te chercher.)

CONTE LORRAIN

Annexe 1
Lettre de Noémie

Nous rappelons qu'en général l'enfant, au premier âge des jeux, ne trace pas une ligne bien nette entre une chose vivante et un objet animé et qu'il traite volontiers sa poupée comme un être vivant.

SIGMUND FREUD

Ce matin, au moment où le soleil se levait sur Strasbourg, entre les HLM, se servant d'une arme de faible calibre qu'il dissimulait dans le tiroir de sa table de travail, mon Jésus-du-Diable s'est tiré une balle dans l'orbite droite. Je dormais sur le divan. Je n'ai rien pu faire.

Un peu après, sans doute alertés par les voisins espagnols, les policiers sont venus frapper à notre porte. Sachant que c'était la nature curieuse de l'homme qui venait constater le drame, je n'ai pas voulu ouvrir. Alors ils ont enfoncé la porte, me trouvant presque nue, allongée près de son corps ravagé, les cheveux dans son sang.

À l'heure où les étudiants de la cité universitaire quittaient leurs chambres pour envahir le campus, la nature ordonnée de l'homme est venue chercher ce corps à la tête méconnaissable. Et ils m'ont emmenée, avec l'arme et le récit de sa fin.

Tout à l'heure, comme le soleil rare de Strasbourg

pointait entre deux nuages plutôt légers dans les circonstances, je suis rentrée avec le manuscrit sous le bras, cette relation écrite dont ils n'ont pas voulu, contrairement à l'arme, la traitant d'« œuvre d'imagination artistique ». Or je viens de lire ce récit.

En autant que je sache et que je puisse en témoigner, il me semble conforme à la réalité des événements d'Harbouey, du moins tels qu'il me les a racontés. Mais ce qu'il n'a pas dit, c'est que la nature incrédule de l'homme est venue à plusieurs reprises lui poser des questions sur son... aventure. Qu'on le faisait souffrir, l'accusant et l'accablant. La presse l'insultait, le traitant de Manson d'Alsace-Lorraine ou de Raspoutine du guetto universitaire. L'opinion publique le menaçait. La justice le poursuivait. Car, à Harbouey, toujours selon la nature équivoque de l'homme, personne ne semble avoir eu connaissance des circonstances de la mort et de la mutilation d'une vieille femme, de deux hommes, de deux jeunes femmes, de deux enfants, d'un chien, d'un cheval et de quelques chats. On s'étonne que le maniaque ait pu agir en silence. Et on s'interroge sur les corps lacérés. Y compris sur le sien. Mais au-delà de tout, il n'avait plus la force de supporter d'être traqué et persécuté à nouveau par les pouvoirs de la sorcière de Blâmont.

Dès le lendemain de son retour dans le HLM, le Pierot-de-peu-de-sens vint ici le harceler et l'injurier. Et aussitôt les maux se remirent de la partie. Puis un jour, après qu'on lui eut crié la vérité sur la mort de sa mère, la femme aux chats, on ne revit plus le fils fou ; mais cela était un bien pour un mal, car c'est la sorcière elle-même qui vint alors, chaque jour, lui jeter sorts, maléfices et charmes, débitant des incantations à travers la porte.

Et toujours cette panoplie de douleurs qui s'emplifiaient de jour en jour, jusqu'à m'atteindre moi-même. Alors, conscient de sa fin proche, comme le démontre ce récit, il n'eut d'autre soubresaut que de témoigner à la fois de son aventure et son impuissance.

Je n'en puis plus. Sans lui, je sais que je ne pourrai résister longtemps aux maux qui m'assaillent à mon tour. Tout à l'heure, ouvrant toutes les fenêtres, j'ai laissé le manuscrit envahir la pièce au gré de l'air et de ses courants. Courants que je vais suivre moi-même, et l'enfant que je porte de lui et de sa douleur, comme une page qui jamais n'aura été moins blanche. Ni moins lourde de sens.

Noémie B.*

---

* Le même jour, au soleil couchant, et sans doute après la rédaction de ces lignes et la correction de ce manuscrit, Noémie Blédur, née à Haïti le vingt et un mars quarante-neuf, debout sur la rampe de son balcon, ameutait le voisinage en criant pendant de longues minutes, injuriant chacun et incitant la population environnante à mettre le quartier des HLM à feu et à sac ; puis, lorsque les premières voitures de police s'amenèrent, elle se laissa choir en bas du cinquième étage en criant « Pierot ensorcelé ! » à celui qui tentait de la secourir. (NDÉ)

Annexe 2
Lettre de Pierot-de-peu-de-sens

Les mille ans écoulés, Satan, relâché de sa prison, s'en ira séduire les nations des quatre coins de la terre...

APOCALYPSE 20 7-8

Je ne sais pas écrire, monsieur l'éditeur. Je vous demande donc de donner du verbe à mon angoisse, afin que l'humanité comprenne bien ce que j'ai à dire.

D'abord je ne crois pas être le monstre que décrit dans son récit le Jésus-du-Diable. J'étais et je suis encore possédé, quoique maintenant, comme lui, je combats, mais à ma manière, et je suis tourmenté autant que lui, quoique de façon différente. Le possédé souffre, et demande à être soutenu, et reconverti à la réalité.

En se suicidant, le Jésus-du-Diable commettait une erreur, car Jeanne-la-jeune-vieille n'en a plus que pour quelques jours à vivre. Elle mourra, le 2 novembre, le jour de son millième anniversaire de naissance. Oh ! je sais que plusieurs riront de ce que j'écris ici, mais il faut me croire. L'Histoire est d'ailleurs parsemée de traces de son passage depuis 974, alors qu'elle naquit dans le pagus de Blâmont. Le jour de ses vingt ans, sa mère, avant que de mourir, presque millénaire et sachant sa fin proche, lui transmit, en même temps qu'à ses huit sœurs, le secret de sa longévité. Puis les neuf jouvencelles se dispersèrent.

Je n'ai gardé, ici parmi les quelques-uns que je connais, que les épisodes les plus significatifs de sa vie entièrement consacrée à la magie et à la sorcellerie.

En 1031, alors que plusieurs se nourrissent de charogne et que d'autres déterrent les morts pour survivre, elle traverse la grande famine en prêchant, de ville en ville, la fin du monde pour l'an 1033, ne sachant pas, à cette époque, que Jésus était né quelques années avant l'an zéro.

En 1099, elle est à Édesse où, prise comme servante par Beaudoin de Boulogne, elle finit par partager la couche de Godefroi de Bouillon, précédemment duc de Basse-Lorraine et chef de la première croisade. Elle suit Godefroi à Jérusalem et assiste à la prise de la ville ; après la mort de celui-ci, en 1100, elle rentre en France comme épouse de maître Gilles, dit le Charpentier de Blois. Elle sera chassée de Blois en 1107 pour pratique de magie, et sorcellerie.

En 1237, à Villebon, Jeanne ensorcelle le trouvère Robert de Memberoles qui part en croisade en 1238 avec Thibault de Navarre, puis elle débauche sa jeune sœur Adelice durant son absence.

En 1350, à Aix, elle vend des charmes à ceux qui craignent la mort noire (la peste) ; en 1354, ceux qu'elle aura sauvés la chasseront, la mençant du bûcher.

En 1431, elle caresse la taille d'une jeune enfant appelée Mulette du Bois devant le bûcher de Jeanne, à Rouen. En 1435, très mal accueillie à Paris, elle y provoque quarante jours de neige. Elle fait déborder la Seine deux ans plus tard. En 1438, elle déchaîne une épidémie de variole, puis, l'année suivante, elle lance les loups sur Paris. Elle part alors pour Saint-Arbogaste où elle cherche à rencontrer Gutenberg.

La jeune-vieille revient à Paris en 1447 où, à la taverne de la Mule, fréquentée par les étudiants de la Sorbonne, François Villon, celui qui grandit à Saint-Benoît-le-Bétourné, cette église où l'on priait dans le mauvais sens, lui présente Hugue-le-Loï, un réchappé de Syrie par les Mathurins ; elle ensorcelle Hugue et il devient pendant plus de vingt ans la main de ses crimes.

Vers 1470, à Breda, elle se lie d'amitié avec Hiëronymus Van Aeken, dit Jérôme Bosch, qui la prend comme modèle d'un jeune moine pour une de ses premières toiles intitulée l'*Escamoteur*. Près de cent ans plus tard, dans la même ville, elle rencontrera Bruegel le Vieux pour qui elle refusera de poser, malgré la grande amitié qu'elle lui voue.

En 1527, elle est à Rome lorsque Charles III, duc de Bourbon et d'Auvergne, pille et incendie la ville ; elle aide alors Cellini à prendre Charles III et le Prince d'Orange au piège et à les assassiner. Deux ans plus tard, accusée de sorcellerie et attaquée de toutes parts, Jeanne se réfugie à Parme où elle évolue dans l'entourage d'Antonio Allegri.

En 1560, de retour à Paris, elle vit à la Cour des Miracles. Folette d'un distributeur d'onguents dit Beau-Chanteur, elle pratique la magie noire avec une habileté qui la fait remarquer du duc d'Égypte, fils de Coësre. Vers 1566, Beau-Chanteur, après avoir séduit la Bohême, épouse du Coësre, ce qui le condamne automatiquement à mort, enlève Miracle, la fille du Coësre, et s'enfuit avec elle. Jeanne-la-jeune-vieille, en raison de sa science et des nombreux services précédemment rendus à chacun, bénéficie de la clémence du Coësre, mais elle doit encore quitter Paris.

En 1567, elle assiste, dans le château de Blâmont, aux noces de Guillaume de Bavière et de la princesse Renée de Lorraine ; elle y donne un aperçu de ses pouvoirs d'illusionniste. En 1573, elle intervient dans les pourparlers entre Catherine de Médicis et le duc d'Anjou (Henri III), le duc d'Alençon, Marguerite de Navarre et les ambassadeurs de Pologne, en droguant les uns au service des autres et en jetant des sorts à ceux-ci au nom des premiers.

En 1636, après l'avoir aidé à incendier Byamo*, puis l'avoir trahi, elle assiste à la pendaison de Klopstein qui n'avait pas voulu livrer la ville au duc de Saxe-Weimar.

En 1664, elle est à Rome avec Claude Gellée et Nicolas Poussin ; elle vit avec un marin, dit Pierre-le-Toulonnais. Pour elle, il ira pirater aux abords de la Corse.

Le premier novembre 1755, elle est à Lisbonne pour « assister » au grand tremblement de terre qu'elle avait prévu. Elle sera aussi à Toulon lorsque Dugommier, avec, dans ses rangs, le lieutenant Bonaparte, reprendra la ville aux Anglais.** Le sang y coulera à sa guise.

Le XIXe siècle sera plus difficile pour elle, car l'humanité a chassé les sorcières de ses contrées, et de son esprit ; elle doit devenir plus discrète. Elle se contentera donc des quartiers sombres des grandes villes ; Bristol, Liverpool, Hanovre, Cologne, Hambourg, Bologne, Marseille, Barcelone.

En ce qui concerne le XXe siècle, je n'en sais que

---

* Blâmont. Patois lorrain. (NDÉ)

** 1793-1794 (NDÉ)

fort peu de choses, sinon qu'elle le consacra à l'enfantement. Je sais qu'elle eut treize enfants entre 1917, alors qu'elle travaillait comme femme de ménage aux usines Krupp, à Essen, et 1954, quatre garçons, qu'elle tua d'office dès leur naissance, et neuf filles qui ont aujourd'hui entre vingt et cinquante-sept ans.

Lorsque Noémie mit, à son tour, fin à ses jours, je tentai de la sauver, car je voulais ce manuscrit qui racontait, mieux que je n'aurais su le faire moi-même, l'horreur que la Jeanne-la-jeune-vieille m'inspirait depuis que le Jésus-du-Diable m'avait lançé à la figure la vérité sur la mort de ma mère. La pauvre vieille ! Fallait-il que je sois dominé, égaré ! Mais Noémie, sans doute apeurée, se lança en bas du cinquième étage, je ne pus rien faire, sinon recueillir en vitesse ce manuscrit, le compléter et vous le porter, feignant de livrer un grimoire de mon cru.

Encore un mot. Je vis toujours aux côtés de la sorcière. Je trahis sa confiance. Mon but est de l'empêcher de transmettre à ses neuf filles, déjà sorcières comme elle, le secret de sa longévité, et si possible de les supprimer toutes. Mais j'ai peur qu'elle ne m'élimine avant que j'aie pu faire un geste. Aussi je m'empresse de crier : il faut encore, toujours et inlassablement les poursuivre, et même, en vérité, je vous le dis, pour les exterminer vraiment, il faut brûler les sorcières.

Pierot-de——*

* Le corps de Pierot-de-peu-de-sens fut retrouvé, mutilé comme les précédents, le premier novembre au matin, dans le parc de Sceau. S'il faut en croire cette histoire, il y a neuf sorcières qui évoluent dans notre monde et qui ont, entre autres pouvoirs, celui de vivre mille ans. Et certainement plus si les huit sœurs de Jeanne-la-jeune-vieille eurent chacune neuf filles. (NDÉ)

Chronologie

1947	Naissance à Hochelaga (Montréal) le 21 octobre. Jeunesse à Rosemont.
1960-1966	École secondaire Louis-Hébert.
1966-1970	Baccalauréat en pédagogie à l'École normale Ville-Marie.
1970-1971	Baccalauréat en études littéraires à l'Université du Québec à Montréal (UQAM).
1971-1973	Maîtrise en études littéraires à l'UQAM.
1973-1975	Boursier du ministère des Affaires culturelles du Québec (recherche sur la presse parallèle). Boursier du Gouvernement français. Boursier du Conseil des arts du Canada. Scolarité de doctorat en psychologie (sémiologie et gestaltisme), université Louis-Pasteur, Strasbourg (France).
1975-1980	Adjoint au directeur du Pavillon international de l'humour à Terre des Hommes. Coorganisateur de l'exposition sur la Bande dessinée québécoise (1902-1976) au Musée d'Art contemporain de Montréal. Coorganisateur de l'exposition de la Bande dessinée canadienne, présentée en Europe.
1980-1983	Chargé de cours à l'UQAM et à l'Université de Montréal, et lecteur pour des

maisons d'édition.Boursier du Conseil des arts. (Aide à la création). Coorganisateur du Congrès Boréal sur le fantastique et la science-fiction tenu à l'UQAM (1981). Coorganisateur du Congrès Boréal sur le fantastique et la science-fiction au Salon du livre de Montréal (1983). Concepteur, recherchiste et animateur d'une quarantaine d'émissions littéraires à Radio-Canada (1980-1983).

1983-1988 Chroniqueur littéraire à *Littérature au pluriel, la Ronde des livres, les Livres du jeudi, En toutes lettres* (1982-1984). Membre du jury du prix Robert-Cliche (1984). Cofondateur du Grand Prix (Logidisque) de la science-fiction et du fantastique québécois, dont il assume la présidence de 1984 à 1986. Directeur de la collection « Dix nouvelles » aux éditions Quinze (1983-1987). Membre fondateur de la revue *XYZ. La revue de la nouvelle* (1985). Coorganisateur, avec Jacques Samson, du premier Colloque de bande dessinée de Montréal, à l'UQAM (1985). Membre du jury pour le prix Humanitas et pour le concours de nouvelles du Module d'études littéraires de l'UQAM (1986). Membre du jury pour le programme d'Aide aux périodiques du ministère des Affaires culturelles du Québec (1986-1987). Membre du jury du concours de nouvelles de la revue *Vidéo-Presse* (1987). Professeur substitut au Département d'études littéraires de l'UQAM (1986-1987). Concepteur et animateur de l'émission *Littératures parallèles* sur le fantastique, la science-fiction, le policier et la bande dessinée au réseau FM de Radio-Canada (1987-1988). Doctorat en études françaises. Université de Sherbrooke. Thèse en création intitulée « Journal de mille jours. (Journal d'écrire). Essai diaristique » (1987). Directeur de la collection « Novella » chez XYZ éditeur (1987). Codirecteur depuis 1987, avec Noël Audet, du Groupe de recherche en création littéraire à l'UQAM. Professeur en théorie de la création littéraire au Département d'études littéraires de l'UQAM (1988).

de Radio-Canada (1957-1958). Doctorat en études françaises, Université de Sherbrooke. Thèse en création littéraire : [illegible] jours [illegible] (1987). Directeur de la collection [illegible] chez XYZ éditeur (1987) [illegible] 1987, avec Noël Audet, [illegible] de recherche en création littéraire [illegible] au Département d'études [illegible] (1988).

Du même auteur

Volumes

Axel et Nicholas suivi de *Mémoires d'Axel*, roman-puzzle. Montréal, éditions du Jour, 1973, 177 p. (Coll. les Romanciers du Jour).

L'Aigle volera à travers le soleil, roman. Montréal, Hurtubise HMH, 1978, 176 p. (Coll. l'Arbre).

Rue Saint-Denis, contes fantastiques. Montréal, Hurtubise HMH, 1978, 144 p. (Coll. l'Arbre).

Du pain des oiseaux, récits. Préface d'André Belleau. Montréal, VLB éditeur, 1982, 149 p.

Yves Thériault se raconte. Entretiens avec André Carpentier. Montréal, VLB éditeur, 1985 188 p.

Lettres à Yves Thériault. Montréal, Union des écrivains québécois, 1986, 55 p.

Journal de mille jours. Carnets 1983-1986. Montréal, Guérin littérature / XYZ éditeur, 1988, 354 p.

Ouvrages collectifs dirigés par André Carpentier

« La Bande dessinée kébécoise ». Ouvrage collectif dirigé par André Carpentier, *la Barre du jour*, n° 46-49 (hiver 1975), 272 p.

« Le Fantastique ». Numéro dirigé par André Carpentier et Marie José Thériault, *la Nouvelle Barre du jour*, n° 89 (avril 1980), 92 p.

Dix contes et nouvelles fantastiques par dix auteurs québécois. Montréal, Quinze, 1983, 204 p.

Dix nouvelles humoristiques par dix auteurs québécois. Collectif sous la direction d'André Carpentier. Montréal, Quinze, 1984, 221 p.

Dix nouvelles de science-fiction. Avant-propos d'André Carpentier. Montréal, Quinze, 1985, 238 p.

Aimer. 10 nouvelles par 10 auteurs québécois. Équipe dirigée par André Carpentier. Montréal, Quinze, 1986, 187 p.

Actes. Premier colloque de bande dessinée de Montréal. Sous la direction de Jacques Samson et André Carpentier. Montréal, Analogon, 1986, 224 p.

L'Aventure, la Mésaventure. Collectif dirigé par André Carpentier. Montréal, Quinze, 1987, 161 p.

Table

Introduction 7

Note préliminaire de l'éditeur 17

PREMIÈRE PARTIE

1 23

2 37

3 49

4 59

5 65

6 77

DEUXIÈME PARTIE

7 89

8 105

9 121

10 125

11 133

12 137

13 147

TROISIÈME PARTIE

Annexe 1 : Lettre de Noémie 151

Annexe 2 : Lettre de Pierot-de-peu-de-sens 155

Chronologie 161

Dans la même collection
Série « Littérature »

AUBERT DE GASPÉ, Philippe
Les Anciens Canadiens

AUDET, Noël
Quand la voile faseille

BEAUGRAND, Honoré
La Chasse-Galerie

BERNIER, Jovette
La Chair décevante

BOIVIN, Aurélien
Le Conte fantastique québécois au XIXe siècle

BROSSARD, Jacques
Le Métamorfaux

BROSSARD, Nicole
À tout regard

CARPENTIER, André
Rue Saint-Denis
L'aigle volera à travers le soleil

CHOQUETTE, Robert
Le Sorcier d'Anticosti

CLAPIN, Sylva
Alma Rose

CLOUTIER, Eugène
Les Inutiles

CONAN, Laure
Angéline de Montbrun

CONDEMINE, Odette
Octave Crémazie, poète et témoin de son siècle

COTNAM, Jacques
Poètes du Québec

DE ROQUEBRUNE, Robert
Testament de mon enfance
Quartier Saint-Louis

DESROCHERS, Alfred
À l'ombre de l'Orford

DESROSIERS, Léo-Paul
Les Engagés du Grand-Portage
Nord-Sud

ÉMOND, Maurice
Anthologie de la nouvelle
et du conte fantastique québécois au XXe siècle

FERRON, Madeleine
Cœur de sucre
La Fin des loups-garous

FRÉCHETTE, Louis
La Noël au Canada

GIRARD, Rodolphe
Marie Calumet

GIROUX, André
Au-delà des visages

GODIN, Jean-Cléo et MAILHOT, Laurent
Théâtre québécois I
Théâtre québécois II

GRANDBOIS, Alain
Les Îles de la nuit
Les Voyages de Marco Polo

GRANDBOIS, Madeleine
Maria de l'hospice

GROULX, Lionel
L'appel de la race

GUÈVREMONT, Germaine
Marie-Didace
Le Survenant

HÉBERT, Anne
Le Torrent

HÉMON, Louis
Maria Chapdelaine

JACOB, Suzanne
La Survie

LACOMBE, Patrice
La Terre paternelle

LECLERC, Félix
Adagio
Allegro
Andante
Cent chansons
Chansons pour tes yeux
Dialogues d'hommes et de bêtes
Le Calepin d'un flâneur

Le Fou de l'île
Le Hamac dans les voiles
Moi, mes souliers
Pieds nus dans l'aube

LEMAY, Pamphile
Contes vrais

LORANGER, Jean-Aubert
Joë Folcu

LORD, Michel
Anthologie de la science-fiction québécoise contemporaine

NELLIGAN, Émile
Poésies complètes

POULIN, Jacques
Faites de beaux rêves

ROYER, Jean
Introduction à la poésie québécoise

SAVARD, Félix-Antoine
Menaud maître-draveur

TACHÉ, Jean-Charles
Forestiers et Voyageurs

TARDIVEL, Jules-Paul
Pour la patrie

THÉRIAULT, Yves
L'Appelante
Ashini
Kesten
Moi, Pierre Huneau

Typographie et mise en pages sur micro-ordinateur :
MacGRAPH, Montréal.

Achevé d'imprimer en octobre 1989 sur les presses de
l'Imprimerie Gagné, à Louiseville.

Imprimé au Québec (Canada)